작은 도시 봉급 생활자

조여름 지음

복잡한 도시를 떠나도 여전히 괜찮은 삶

작은 도시
봉급 생활자

조여름
지음

𝕄창비
Media Changbi

이 도시를 떠나도
당신의 삶은 여전히 괜찮습니다

이제야 비로소 편안하다. 서른 후반이 되어서야 겨우 허덕이지 않게 됐구나, 나는.

현무암 절벽 뒤로 윤슬이 반짝이는 서귀포 바다. 고요한 풍경을 담은 사진 아래에 지금의 마음을 있는 그대로 옮겨 적는다. 어떤 모습을 보여도 부끄럽지 않을 몇몇 지인만 아는 SNS 계정. 잠시 후 사람들이 조용히 '좋아요'를 누른다. 따뜻하다. 제주는 겨울에도 춥지 않다. 훈풍이 섞여 있는 겨울 공기의 온도만큼 마음도 안온해진다.

"엄마, 나 요즘 꾸준히 행복해."

이른 아침에 평소처럼 엄마와 통화하다 행복하다는 말이 튀어나왔다. 스스로 놀라 머리가 띵했다. 꾸준히 행복하다니. 내가 꾸준히 행복할 수 있나? 따뜻한 이불을 턱 끝까지 끌어 올리고는 곰곰이 생각했다. 정말이었다. 몇 개월째 편안하고 기분 좋은 상태다. 낯선 행복에 이질감을 느끼면서도 다시금 잔잔한 행복이 밀려왔다. 고통과 스트레스가 기본값이었던 내가 결코 닿을 수 없을 것 같던 안온함에 이르게 되다니. 아주 살짝, 눈물이 날 것 같았다.

이 순간을 기록하기 위해 휴대폰을 들었다. 서귀포 바다 사진에 덧붙인 '허덕이지'라는 글자에 눈길이 한참 머물렀다. 언젠가 블로그에 썼던 '피 흘리며 겨우겨우 끌고 온 나의 20대'라는 글이 떠올랐다. 맞아, 진짜 힘들었지. 가난에 허덕이며 어떻게든 해보려고 아등바등했던 그날들이 서럽고 괴로웠다.

나에게 맞지 않는 작은 구두를 신은 것처럼 불편한 마음으로 매일 사람이 많은 지하철을 탔다. 기진맥진한 상태로 회사에 출근해 하루 종일 상사의 눈치를 봤다. 초조하고 불안한 날들이었다. 네 평 남짓한 고시원에서 다음 달 생활비를 걱정하는 동시에 먼 미래를 준비해야 했던 막막한 날들도 있었다. 취업 시장에서 '잘 팔리는 사람'이 되기 위해 자는 시간을 쪼개가며 강박적으로 자기계발에 나섰다. 그럼에도 볕이 잘 드는 넉넉한 평수의 아파트는 영원히 가질 수 없을 것 같다는 계산이 희망을 쪼그라들게 했다. 월급, 집, 커리어, 자기계발이 삶을 집어삼키던 그때의 나는 '행복하면 안 되는 사람'이었다. 더 정확히는 '행복할 자격이 없는 사람'이었던 것 같다. 대도시는 가난한 사람을 품어줄 여유가 없다는 듯, 자꾸 나를 밀어내는 것만 같았다. 상처받아 울먹이던 예전의 나를, 오늘의 행복한 내가 "그런 건, 네가 온 마음을 다해 아파할 만큼 대단한 것들이 아니야"라면서 가만히 다독여준다.

정말이었다. 서울을 비롯한 대도시가 송곳니를 드러내며 "돈이 많아야 행복할 수 있다"라고 끊임없이 송출하던 메시지에 줄곧 주눅이 들곤 했지만, 내 인생은 처음부터 아무 문제가 없었다. 공공기관 정규직 자리를 버리고 고향으로 돌아왔을 때 시골은 내게 아무것도 요구하지 않았다. 도시에서 당연하게 달고 살던 거추장스러운 강박들이 힘을 잃자 내 안에 있던 본연의 건강함이 되살아났다. 시야가 가려진 채 오로지 앞만 보고 달리는 경주마 같던 회사생활. 나는 옆 사람을 따라 달리기를 그만두고 고개를 들어 찬찬히 주변을 살피기 시작했다. 세상에는 정해진 레일 말고도 수많은 길이 있었다. 봄꽃이 바람에 흔들리는 아름다운 길도, 삼나무가 우거진 숲길도, 쉼 없이 흐르는 냇물 가운데 놓인 징검다리도 모두 우리가 걸어갈 수 있는 '길'이었다.

퇴사 후 고향 상주에서 농사를 지어보고, 인구수가 5만밖에 안 되는 의성에서 직장생활을 하며 대도시 직장인이 아닌 다른 길을 걸었다. 여유 속에서 일에 대한 열정을 차곡차곡 되찾고 더 큰 기회를 찾아 제주까지 이르렀다.

사는 곳을 옮기는 동안 편견은 깨지고 직접 부딪친 새로운 경험들이 삶 속으로 들어왔다. 안정된 직장, 정규직, 내 집 마련이 전부라고 생각한 20대의 나는 이제 어디에도 없다. 더 이상 집에 집착하지 않고 세상이 주입한 야망도 내려놓았다. 조금 더 행복해지기 위해, 나를 조금 더 좋은 곳으로 데려간 대가였다. 신기하게도 그렇게 용기를 내자, 일기장에 꾹꾹 눌러 적었던 원하는 삶이 예상보다 수월하게 손에 쥐어졌다.

  사람마다 중요하게 여기는 가치는 다르다. 대도시의 삶이 행복한 사람도 많겠지만, 어딘가에는 예전의 나처럼 다른 길을 생각하지 못해 그저 견디는 사람도 있을 것이다. 하루에도 수십 번씩 모든 걸 버리고 떠나고 싶다는 생각이 머릿속을 가득 채울 수도 있다. 그런 이들에게 나의 작은 경험을 담은 이 책이 흐릿한 희망을 선명한 기쁨으로 만드는 도구가 되길 바란다. 떠나도 괜찮다는 말을 간절히 기다리는 누군가를 위해, 기꺼이 등을 떠미는 힘찬 응원이 되었으면 좋겠다.

2024년 6월

여름을 앞두고

조여름 씀

차례

프롤로그

- 이 도시를 떠나도 당신의 삶은 여전히 괜찮습니다 * 4

1부

경로를 이탈했습니다

: 가장 안정적이고 확실한 변화를 위한 모험

2부

빌딩 숲에서 진짜 숲으로 떠난 직장인

: 대도시 생활을 포기해도
잘 지낼 수 있다는 새로운 가능성의 세계

3부

우리에게 또 다른 선택지가 있다

: 한곳에 정착하지 않고 여러 도시를 옮겨 다니며
나만의 행복에 도착하는 법

에필로그

경로를 이탈했습니다

: 가장 안정적이고 확실한 변화를 위한 모험

정규직이라는 줄을 끊고
번지점프를 하다

"2주 정도 휴가를 줄 테니까, 사표는 일단 넣어둬."

상사가 피곤한 듯 한숨을 쉬며 사직서를 내 쪽으로 도로 밀었다. 잿빛 양복을 입은 그의 눈 밑에 다크서클이 선명했다. 며칠 전 그는 "자고 일어나면 직원들이 퇴사하네"라며 속상함을 토로했었다. 말 속에는 쉽게 사라지지 않을 고단함이 녹아 있었다. 그걸 모두 아는 직원이, 그것도 나름 친하고 오래 함께 일했던 직원이 당당히 사직서를 내밀었으니 그의 입장에서는 어이없을 만했다. 손가락을 만지작거리며 죄송하다는 표정을 지었다. 둘만 있는 공간에 아주 가벼운 긴장감이 맴돌았다. 상사는 마음을 돌릴 수 있다고 생각했는지 손을 저어 나가라는 표시를 했다. 일단 사직서를 다시 챙기긴 했지만, 결심한 이상 내게 후진 기어는 없었다. 이제 곧, 시골로 돌아간다. 물론 친했던 사람들은 걱정 가득한 눈빛으로 무모함을 질책했다.

"지금 도망가면 너는 평생 도망만 다니면서 살게 될 거야."

사이가 좋았던 팀장님도 냉정하게 진심 어린 충고를 했다. 나는 그 말이 그의 깨끗한 진심이라는 걸 안다. 3년이 조금 넘는 경력. 신입으로 다른 직장을 찾기에는 늦은 나이. 이대로 퇴사한다면 아무것도 보장되지 않는 벌판에 또다시 내던져질 것이 뻔했으니까. 그래도 상관없었다. 어찌 되었든 좋았다. 그동안 쌓여온 답답함과 허덕거림에서 벗어날 수만 있다면 커리어 같은 건 아무래도 좋았다. 남들 보란 듯이 멋지게 성공하겠다는 생각도 내려놓았다. 혼자서 울던 날들을 생각하며, 더 이상 내게 회사생활을 강요하지 않기로 했다.

공공기관에 입사한 지 2년이 지날 때쯤, 도망갈 곳 없이 목줄로 묶인 채 살아간다는 느낌이 가슴을 조여오고 있었다. 평생 이렇게 살 자신이 없었다.

'힘든 직장생활을 다들 어떻게 아무렇지 않게 해낼까? 나만 이렇게 힘든가? 이 고비만 넘기면 나아지나? 아니, 그 전에 고비를 넘길 힘이 남아 있긴 한 건가?'

혼잣말을 중얼거리며 지친 몸을 이끌고 번쩍이는 새 건물로 출근했다. 물 먹은 신문지처럼 축 처진 채 시간이 되면 출근하고 시간이 되면 퇴근하기를 반복했다. 퇴근하자마자 옷들을 아무렇게나 벗어던지고, 저녁도 대충 라면이나 편의점 도시락으로 때우고, 이불 속에 몸을 파묻은 채 게으른 손으로 더듬더듬 리모컨을 찾아 TV를 켰다. 열심히 채널을 돌렸지만 딱히 볼 만한 프로그램은 없었다. 그때 내 눈을 사로잡은 건 대단한 볼거리도, 긴장감 넘치는 스토리가 전개되는 것도 아닌 그저 시골의 소소한 생활을 보여주는 영화

「리틀 포레스트」였다.

　나처럼 시골에서 나고 자라, 고단한 도시의 삶에 지쳐 고향에 내려온 주인공 혜원. 혜원은 직접 농사를 짓고 수확해 시간을 들여 요리를 한다. 그가 만든 배추된장국이 냄비에서 보글보글 끓을 때면 나도 모르게 허기가 졌다. 아무렇지 않은 얼굴로 농사일을 척척 해내며, 제철 재료를 찾아 산과 들을 누빈다. 화면 너머 들려오는 숲속 매미 소리, 눈 치우는 소리, 음식을 오독오독 씹는 소리가 마음 깊은 곳에 새로운 희망을 만들어냈다. 혜원의 일상은 내 어릴 때와 비슷했다. 텃밭에서 갓 딴 신선한 채소로 만든 밥상, 추운 날 눈을 치우고 먹는 배추전, 몸을 데우는 쫄깃한 수제비와 빨갛게 익은 것만 골라 바로 입에 넣었던 산딸기. 영화를 보는 순간만큼은 현실의 고통이 사그라드는 듯했다. 다음 날도, 그다음 날도 같은 영화를 계속 돌려보며 꼴깍, 군침을 삼켰다. 그런 하루가 반복되던 어느 날, 마침내 지난날의 용기를 주워 올리듯이 짧게 한마디를 읊조렸다.

　"아, 돌아가고 싶다."

어두운 방 안을 채우는 건 오직 TV 화면으로 흘러나오는 불빛뿐이던 그때 나는 모든 것을 버리고 싶었다. 그 마음을 막연한 도피나 시골에 대한 환상으로 몰아갈 수는 없었다. 어릴 적 편의점 하나 없는 시골에서 컸고, 그곳에는 아직도 부모님과 형제가 살고 있다. 고단한 육체노동에 온몸의 감각이 깨어나는 느낌, 새벽의 차가운 공기와 해 질 녘 장엄한 노을. 괴로웠다. 겨우 거머쥔 정규직 자리는 포기할 수 없는데, 영화 속 일상은 내가 너무나도 잘 아는 행복이라 고통스러웠다. '영화니까 저렇지, 현실은 그렇지 않아'라며 신포도 바라보듯 위로할 수도 없었다. 결국 잘 아는 행복을 되찾기 위해 모든 걸 포기할 준비를 하고야 말았다.

안정적이고 순탄해 보이는 인생 경로에서 크게 이탈하는 기분은 마치 줄 없이 번지점프를 하듯 아래가 보이지 않는 절벽으로 나가떨어지는 느낌과 같았다. 저 아래에 무엇이 있을지 알 수 없었다. 인생의 낙오자로 낙인찍힐 수도 있고, 다시는 번듯한 직장을 구할 수 없을지도 모른다. 평생 하기 싫은 일을 하면서 적은 월급을 받는 삶을 살아야 할 수도 있다.

그럼에도 기침과 재채기를 참을 수 없듯 더는 견딜 수 없다는 심정이 이미 내 통제 범위를 벗어나 있었다. '도망가는 나'를 받아들이기로 했다. 나약하다 욕해도, 내 인생이 어디로 가는지 몰라도 이 답답한 곳에서 당장 빠져나오기로 했다. 조금만, 아주 조금만 쉬면 다시 힘을 내어 달릴 수 있을 것 같았다.

고향으로 돌아가자. 물론 현실적이고 치밀한 계산도 잊지 않았다. 당시에는 월급 230만 원에서 방세 40만 원과 공과금을 내고 식비를 포함한 이런저런 비용을 제하고 나면 한 달에 100만 원도 저축하기 어려웠다. 하지만 가족이 있는 고향으로 돌아가면 고정비가 거의 들지 않는다. 그러면 내가 한 달에 100만 원만 벌어도 돈을 모으는 데 큰 차이는 없을 것이었다.

한 달에 100만 원. 자신 있었다. 100만 원이라는 숫자가 만만하다기보다는, 스스로의 성실함에 기댄 희망이었다. 일이라면 요령 부리지 않고, 피하지 않고, 어떻게든 해내고야 마는 나에 대한 믿음이었다. 기본 생활비만 줄어들어도 충분히 승산이 있는 싸움이었다.

용기를 내어 가족들과 진지하게 이야기를 나눴다. 평소 회사 일에 파묻혀 자주 못 가던 집을 수시로 갔다. 놀라지 않았다면 거짓말이겠지만, 가족들은 나를 만류하지 않고 그저 묵묵하게 응원했다. 그렇게 준비하기를 아홉 달. 사직서를 다섯 달 뒤에 다시 제출하며, 마침내 회사를 그만두었다. 걸을 때마다 깔끔한 하늘색 셔츠 위로 흔들리는 당당한 사원증, 사람을 만날 때마다 당연하다는 듯 내밀던 명함도 이제는 모두 안녕이었다.

기껏 차지한 평범한 정규직의 삶을 뒤로하고, 시골로 돌아왔다. 모든 게 잘못되어도 어쩔 수 없다는 체념 덕에 그리 불안하지 않았다. 퇴사하는 날, 사원증을 반납하고 사람들에게 인사하는 순간조차 회사를 그만둔다는 사실이 믿기지 않은 한편 가슴이 뛰었다.

이날의 퇴사는 서른셋의 내가 인생에서 저지를 수 있는 최대치의 일탈이자, 남들의 시선과 사회의 요구가 아닌 오롯이 내 욕망으로 선택한 최초의 길이었기 때문이다.

EXIT OR NOT

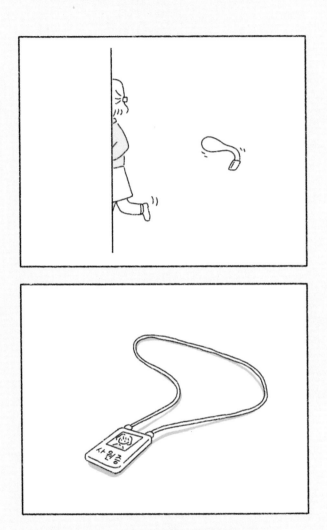

집으로
돌아왔다

"맞다, 이제 출근 안 하지."

휴대폰을 들어 시간을 확인하고 다시 이불 속으로 들어
갔다. 퇴사하고 집을 뺄 때까지 한동안 회사 근처 원룸에서
아침을 맞이했다. 기관장의 일정을 확인하고, 다음 달 기획
안을 고민하며, 잡다한 일들을 신경 써야 했던 하루는 사원
증 반납과 동시에 깔끔하게 정리되었다.

짐은 많지 않았다. 늘 원룸 크기에 맞는 짐만 허락되었기

에. 그 와중에 부피가 큰 물건들은 아는 사람에게 줬다. 어차피 시골집으로 들고 가도 쓸모없을 것들이었다. 줄일 수 있는 만큼 줄이자 남은 짐은 승용차 한 대 안에 충분히 실을 수 있었다. 이 자그마한 짐이 내 오랜 도시생활의 흔적이라고 생각하니 조금은 허탈했다. 하지만 크게 줄어든 짐만큼 안정된 삶을 향한 집착과 허식도 함께 줄었기에 허탈함은 곧 홀가분함으로 변했다.

고향으로 돌아오기 전 살던 곳 주변을 찬찬히 돌아보며 혼자서 조용히 인사를 나눴다. 몸담았던 회사 앞을 지나갈 때도 힘든 일이 아닌 고마운 일만 기억하려고 애썼다. 이제 정말 모두 끝이라는 게 실감이 났다.

이사는 쉬웠다. 가족들의 도움으로 한번에 모든 짐을 옮길 수 있었다. 작은언니와 형부는 "넌 그만두어도 항상 더 좋은 길을 찾았으니까 괜찮아"라면서 흔쾌히 나를 받아주고 격려했다. 조카들도 다가와서 꼭 안아주었다. 나는 책과 장난감으로 가득한 방을 청소하고 짐들을 하나씩 풀었다.

일을 저지르고 나니 '도망가는 습관'이라든가 '안정적인 삶의 궤도' 같은 것들은 머릿속에서 지워졌다. 그저 나는 숲으로 둘러싸인, 편의점 하나 없는 조용한 시골 마을에 사는 작은 존재일 뿐이었다. 새로운 차원의 세계에 떨어진 것처럼 일상이 순식간에 변했다. 직장 근처 빌딩 숲이 내뿜던 온갖 소음과 다르게, 이 세계의 숲이 들려주는 새와 곤충 울음소리는 거슬리지 않는 'ASMR'이었다. 평상에 걸터앉아 뒷산을 바라보는 일, 화단의 매실나무와 꽃을 바라보는 일, 가끔 주변을 오가는 고양이를 바라보는 일은 완벽하게 무해한 일들이었다.

회사에 다닐 때는 집에서 잠을 자거나 TV를 보는 일이 휴식이었기에 퇴사하면 누워서 빈둥대는 데 시간을 쓸 줄 알았다. 막상 시골에 오니 아침 일찍 일어나도 피곤하지 않았고, 나도 모르게 스스로 할 일을 찾아서 씩씩하게 해내고 있었다. 언니와 산책을 하고 농사일을 돕고 간식을 만드는 등 돈벌이는 아닐지언정 충분히 가치 있는 일들이었다. 지겹고 귀찮았던 집안일도 기운이 회복되니 가볍게 해낼 수 있었다. 무언가에 묶여 있지 않다는 느낌, 시시때때로 평가받아야 하는 무대에서 내려와 긴장하지 않고 억지로 웃지도 않고 가고 싶은 곳으로 여유롭게 향하는 기분이었다. 헐떡이던 마음들은 흔적 없이 사라지고, 햇살 아래 누운 예닐곱 정도의 나로 돌아갔다 느낄 만큼 편안했다.

넉넉해진 시간 덕에 조카들이 좋아하는 음식을 만들기도 했다. 닭을 깨끗하게 손질해 튀김옷을 입힌 다음, 한 번도 쓰지 않은 새 기름에 넣었다. 튀김은 빗소리를 내며 옅은 노란빛으로, 한 번 더 튀기니 먹음직한 갈색빛으로 변했다. 조카들은 금방 튀긴 닭튀김을 들고 연신 후후 불어대면서 게 눈 감추듯 순식간에 접시를 비웠다. 사 먹는 치킨과는 비교할 수 없는 바삭함과 한입에 쏙 들어오는 짭짤함이 마음에 들었던 모양이다.

간단한 간식을 만들고 싶은 날엔 핫케이크를 만들었다. 약불로 달군 프라이팬 위에 밀가루 반죽이 예쁜 빛깔로 익어가면서 달고 고소한 향이 온 집 안에 퍼지면 조카들은 이모가 무얼 만드나 궁금해 주방으로 와 까치발을 들었다. 작은 기포들이 퐁퐁 터질 때쯤 뒤집어주면 얇고 폭신한 핫케이크가 완성된다. 여기에 선물 받은 토종꿀을 적당히 올리면 조카들은 기쁜 표정을 숨기지 못하고 이를 활짝 드러내며 웃었다.

어느 날에는 언니와 페인트칠을 했다. 30년 가까이 된 집은 긴 시간을 증명하듯 낡아 있었다. 집 외관을 무슨 색으로 칠할지 고민한 끝에 흰색과 파란색 칠을 하기로 했다. 꼬박

사흘이 걸린 작업이었지만 힘든 줄 모르고 즐겁게 외벽을 칠했다. 페인트칠이 완성되자 언니와 나는 이 집이 우리 마을의 산토리니라며 너스레를 떨었다. 마을 입구에서 보아도 우리 집이 단연 눈에 띄었다. 시간이 지날수록 처음의 또렷한 색상은 빛을 잃어갔지만 스스로 결정하고 하고 싶은 대로 해나간 '자유'의 기억만큼은 명징하게 남아 있다. 도시에서 월세를 전전할 때는 못 하나 마음 놓고 박지 못했기에 그 기쁨이 더 컸는지 모른다.

내친김에 바깥 담에 벽화를 그리자고 제안했다. 어차피 하던 일이니 담까지 칠하는 건 어려운 일이 아니었다. 무엇을 그릴지 고민하다 아이들이 좋아하는 캐릭터를 그려 넣기로 했다. 언니와 나는 어설픈 솜씨로 보노보노와 곰 브라더스(We Bare Bears)를 그려나가기 시작했다. 그림이 엉성해도 조카들이 좋아했고, 가끔 마을 아이들이 어른들 손을 붙잡고 보러 왔다.

놀이는 여기서 그치지 않았다. 너른 들판에 있는 모든 것이 재료였기에, 쓸데없지만 재미있는 일들을 하나씩 해나가기로 했다. 수확이 끝난 논에서 짚을 주워 새끼를 꼬았다. 짚신을 만들 것도 아니면서 세심하고 꼼꼼하게 새끼를 꼬아

나갔다. 언니가 심어둔 목화도 그즈음 하얀 솜을 몽글몽글 터뜨렸기에 우리는 목화를 말리고 새끼를 꼬면서 '이게 바로 조선 시대 아니냐'며 서로 낄낄댔다. 시골에서도 목화가 흔한 작물은 아니어서, 동네 사람들은 물론 지나가던 사람들까지 목화 한 송이씩 얻어가려고 애썼다. 그렇게 조금씩 나눠주고도 꽤 많이 남아서, 바짝 말려 솜을 수확하고 씨도 따로 보관했다. 수확한 목화는 크리스마스 리스를 만드는 데 중요한 재료로 쓰였다. 산에서 딴 청미래덩굴의 빨간 열매와 사철나무 잎사귀, 덩굴 가지와 목화는 서로 개성을 적당히 뽐내면서 조화롭게 어울려 예쁜 작품으로 다시 태어났다.

시골로 돌아온 일상은 이전보다 훨씬 풍요로워졌다. 바람에 흔들리는 잎사귀, 비가 온 뒤 거짓말같이 쑥쑥 자라나는 버섯, 심고 가꾸지 않았는데도 굵은 도토리를 떨어뜨리는 참나무. 도시에 있을 때는 오직 '나'의 존재만을 느끼고 나머지는 모두 불필요한 배경이었는데, 시골에서는 나 또한 고즈넉하고 잔잔한 배경의 일부였다. 웅장한 자연과 그 풍경을 관조하는 사람이 조그맣게 들어간 산수화의 오랜 뜻을 이제야 조금은 알 것 같다.

내가 경험한 풍요로운 일상은 조건 없이 베푸는 자연 속에 있었다. 돈을 지불하지 않아도 갖가지 재료를 산과 들에서 가져올 수 있고 거기에는 별다른 제한도 없었다. 월세도 전세도 아닌 온전한 우리 소유였던 집은 언니가 허락하는 한 무엇이든 할 수 있었다.

지금 생각해보니 시골로 간다는 것은 도시 속 아주 작은 틈까지 스며 있는 자본으로부터 상당 부분 자유로워진다는 뜻이었다. 도시에서는 무언가를 시도하거나 만들거나 체험해보고 싶다는 열정에도 항상 값을 지불해야 했으니까. 아울러 입학, 졸업, 취업, 결혼 등 언제까지 무엇을 이루어야 한다는 인생의 굵직굵직한 목표를 포함해 작고 세세한 부분까지 비교하며 끊임없이 나를 몰아세우던 잣대들로부터 벗어난다는 의미이기도 했다. 스스로에게 지웠던 수많은 기대를 내려놓고도 아무 일이 일어나지 않자, 나를 다그치던 목소리들도 잦아들었다.

퇴사 후 서울을 떠나기로 한 선택 끝에는 다른 세상이 기다리고 있었다. 인생 전체를 통틀어 결코 놓지 못할 것으로 생각했던 정규직을, 짐작했던 미래를, 평범한 삶을 살아가리란 주변의 기대를 내려놓았지만 아무 일 없었다. 불안하거나, 걱정되거나, 후회되지 않았다. 매달린 절벽*에서 손을 뗐지만 내가 매달려 있던 곳은 절벽이 아니었고, 그 아래 역시 낭떠러지가 아니었다.

손에서 탁, 힘을 풀자 그저 높이가 30센티도 되지 않았음을, 바닥에 사뿐히 발을 디딜 수 있음을 알게 되었다. 겨우내 잠들어 있던 앙상한 나뭇가지에서 새싹이 돋듯, 잠시 잊었던 '나다움'이란 나무에 생기가 돌며 막연한 희망이 피어나고 있었다. 집으로 돌아왔다.

---

* 손을 떼도 아무 문제 없지만, 매달리지 않으면 모든 걸 잃을 수 있다며 맹목적으로 집착하게 하는 대상을 말한다. 비슷한 말로 현애철수(懸崖撒手)가 있다. 불교에서 스승이 제자에게 주로 하는 말로, 매달린 절벽에서 손을 떼야 한다는 뜻이다.

굶어 죽을 일이 없다,
적어도 시골에서는

경동시장 근처 마트에서 깔끔하게 포장된 고추 한 팩을 들고 한참 동안 서 있었다. 스티로폼 포장재 안에 곱게 놓인 고추를 뚫어져라 노려보았다. 꼭지 부분이 까만 걸 보니 수확한 지 꽤 된 것 같은데 2,800원이라고? 손을 덜덜 떨며 다시 제자리에 조심스럽게 내려놓았다. 그제야 비로소 실감이 났다. 서울에서 무엇이든 먹고 살기 위해서는 돈을 지불해야 한다는 것. 지금 생각해보면 너무나 당연하지만, 그때 나에게 그 사실은 큰 충격이었다. 큼지막한 가격표 안에 숨어

있던 도시의 진면목이 숨통을 조이듯 말을 걸어오는 것 같
았다.

　"스물한 살의 이 어린 친구야, 여기는 돈 없으면 당장 굶
어 죽는 곳이야."

　모든 먹거리에 가격표가 붙어 있고, 품질 좋은 신선식품
은 선뜻 구입할 수 없을 만큼 비쌌다. 어쩔 수 없이 값싸고
몸에 좋지 않은 음식을 사 먹는 날이 많아졌다. 음식처럼 눈
에 보이는 것부터 휴식, 취향이나 시간처럼 눈에 보이지 않
는 것까지 값이 매겨져 있었다. 그래서 더더욱 손해보지 않
으려 전전긍긍하며 20대를 보냈다. 가난은 그런 것이었다.
돌이켜보면 내 모든 허덕임은 거기서부터가 시작이었다. 마
음 편히 음식을 음미하지 못하고 숙제를 해치우듯 꾸역꾸역
배를 채웠다. 어떻게든 스펙을 쌓기 위해, 시험에 붙기 위해,
일을 해내기 위해 밥 먹는 시간마저 아끼고 싶었다. 그렇게
하지 않으면 살아남을 수 없을 것 같았다. 스스로 만들어낸
불안은 허덕이는 마음을 낳았고, 나중에는 허덕이지 않으면
되레 불안해졌다. 도시는 계속 나에게 강요했다. 더 열심히

하라고, 뒤처지면 끝나는 거라고, 너만 힘든 거 아니라고, 다들 버티고 있는 거라고. 그렇게 불안에 쫓기다 못해 힘에 부쳐 쩔쩔 매던 마음이 어느 날 잔뜩 목이 쉰 채 내게 물었다.

"괜찮아? 우리는 대체 언제 쉬는 거야?"

* * *

고단한 도시 생활을 접고 고향으로 돌아와 집 앞 텃밭에서 따온 채소로 서두를 필요 없이 느긋하게 준비하는 나만의 식사 시간. 무, 표고, 감자, 깻잎, 고추, 파, 호박 등 된장국에 넣을 수 있는 채소들을 하나하나 손질했다. 갓 딴 채소는 백화점 식품 코너의 야채와 비교할 수 없을 만큼 신선하다. 세포막 하나하나에 터질 듯한 수분을 머금고 있다고나 할까. 전과 달리 풍성해진 식탁에 감탄하며 "서울이면 이게 다 얼마야!"라고 외쳤다. 가만 따져보니 이 된장국 한 그릇에 온갖 비싼 재료들이 들어가 있다. 집에서 메주를 띄워 직접 담근 된장과 지난해 수확해 말린 태양초 고춧가루, 겨울이 오기 전에 심어서 봄이 되자 초록빛 고개를 내밀던 마늘 그리고 방금 전까지 흙에서 양분을 끌어 올리던 채소들까지. 돈 주고도 쉽게 구할 수 없는 식재료들이다.

시골로 돌아와 좋은 점을 꼽으라면 대부분의 먹거리에 가격표가 붙지 않는다는 것이다. 근처 텃밭에는 그냥 먹어도 단 맛이 나고 수분을 가득 머금은 채소들이 항상 대기하고 있다. 텃밭을 살뜰히 가꾸는 동네 어르신께 부탁해 그 집 채소를 가져다 먹기도 한다. 어쩐지 고향에 돌아오자마자 순식간에 부자가 된 것 같은 기분이다.

산과 들에도 먹을 것이 널려 있다. 봄에는 쑥을 비롯한 갖가지 봄나물과 두릅이, 여름에는 오이, 토마토, 고추 등이 잠깐 사이 쑥쑥 자라나 차고 넘칠 만큼 풍족하다. 가을에는 상품 가치가 없다고 버리는 과일이 지천에 깔려 있고, 밤이나 호두, 도토리처럼 사람의 손을 타지 않고도 과실을 던져주는 나무들이 널려 있다. 비가 내린 후에는 빗방울을 알알이 머금은 꾀꼬리버섯, 싸리버섯, 능이버섯을 만날 수 있다. 겨울에는 냉이나 달래를 캐 된장국에 넣으면 맛과 향이 일품이다. 이웃으로부터 정성 들여 농사지은, 상품가치가 살짝 떨어지지만 먹는 데 아무 지장 없는 식재료도 많이 받는다.

시골에서는 굶어 죽으려고 해도 절대 굶어 죽을 수가

없다.

오랫동안 잊고 지냈던, 넉넉한 먹거리가 주는 힘은 이토록 만족스러웠다. "그러다 굶어 죽으면 어쩌려고 그래?"라고 묻는 불안에게 "내가 왜 굶어 죽어?" 하고 당당히 반문할 수 있었다. 가난은 시골까지 끈질기게 나를 따라왔지만, 도시에서처럼 크게 힘을 쓰진 못했다. 생존에 대한 걱정도, 남과의 비교도, 명품이나 좋은 물건에 대한 욕망도 이곳에서는 딴 세상 이야기였다.

* * *

"좋겠다. 돌아갈 곳이 있어서."

퇴사하던 날 한 선배가 말했다. 그때는 크게 와닿지 않았다. 내가 금수저라면 모를까, 딱히 해줄 말이 없어 급하게 지어낸 위로라 생각했다. 하지만 막상 고향으로 돌아오니 이보다 든든한 안전망이 없었다. 일을 그만두고 시골로 오지 않았다면 끊임없이 초조해하며 너무 경솔했다고 후회하는 데 시간을 썼을지도 모른다. 방 안에 틀어박혀 눈에 불을 켜고 구직 사이트를 뒤지며 대충 아무 직장이나 들어가려고 발버둥 쳤으리라. 당장 다음 달 먹고살 것을 걱정해야 하는 나에게 고향의 존재는 다시 시작할 힘을 주는 버팀목이자 후회와 불행이 나를 찾을 수 없도록 꽁꽁 숨겨주는 엄마의 품이었다.

세상이 뭐라 하든 통장 잔고가 얼마든 간에 긴장을 풀고 자연의 젖줄을 빨았다. 고향은 아무 말 없이 이따금 새소리와 벌레 우는 소리, 잎사귀에 부딪히는 바람 소리를 들려주었다. 한가롭게 떠다니는 구름을 바라보는 일도 만족스러웠다. 잡초를 뽑는 등 허드렛일을 돕거나 개와 뒷산을 거닐며 느긋하게 산책하는 일도 새로운 일과 중 하나였다.

산과 들이 키우는 과일의 과육이 단단해져 가듯이 빈약해진 열정도 조금씩 수분을 머금으며 탱탱해졌다. 좋은 걸 먹어서 힘이 나는 건가? 쑥쑥 크는 아기처럼 내 얼굴에 보기 좋게 살이 오르고 다시 생기가 돌았다. 쓸데없는 생각이나 고민은 줄어들었다. 굶어 죽을 걱정이 없어지니 금수저가 부럽지 않았다. 생각했던 것보다 나는 훨씬 더 잘 살고 있었다.

견이와
만이

보들보들한 털로 둘러싸인 작고 소중한 생명체. 내 품에 쏙 들어오는 크기, 따뜻한 온기, 버둥거리는 앙증맞음까지 사랑스럽다는 말로는 부족했다. 털북숭이들을 데리고 마당이며 들이며 산이며 뛰놀 때면 충만한 행복을 느꼈다. 그리고 이 이야기는 조금 슬픈 이야기다.

날씨가 제법 선선했던 어느 날 마실 갔던 언니가 노란 과수원 상자 하나를 들고 돌아왔다. 안을 들여다보니 덩치가 작아도 너무 작은 강아지 두 마리가 떨고 있었다. 작은 개는 시골에서 환영받지 못한다. 언니는 동네 사람이 주는 바람에 어쩔 수 없이 데려왔다고 했다. 잘 키울 자신이 없었지만, 이 집은 내 집이 아니므로 발언권이 없었다. 어쩔 수 없이 빈방에 두 강아지가 지낼 적당한 공간을 만들었다. 바깥에서 키우면 좋겠지만, 다른 큰 개가 이미 마당을 차지한데다 가끔 들개도 출몰하기 때문에 몸집이 작은 새끼들에게는 위험했다. 언니는 곧장 소변 패드와 강아지 샴푸를 사왔고, 집 안에서 동물을 길러본 적 없는 우리는 얼떨결에 작디작은 강아지 두 마리와 아찔한 동거를 시작했다.

견이와 만이. 나는 하얀색 강아지에 견이, 갈색 강아지에 만이라는 이름을 지어주었다. 콜린 퍼스가 주연으로 나오는 영국 BBC 드라마 「오만과 편견」에서 따왔다. 견이와 만이는 우리가 밥을 먹을 때마다 꼭 달려와서 밥상을 딛고 선 채 꼬리를 흔들었다. 어린 조카들은 털뭉치들을 쓰다듬으며 얼굴 가득 웃음꽃이 피었다. 애들 눈에는 강아지가 예쁘고 신기한 법이다. 사실 나도 어릴 땐 그랬다. 키우던 개가 새끼를 낳을 때면 엄마는 이불 속으로 데려와 우리에게 보여주곤 했다. 갓 세상에 나온 자그마한 새끼는 낑낑대며 눈도 못

뜬 채 제 어미를 찾았다. 우리가 신기하다는 듯 한참을 예뻐하면 엄마는 얼른 새끼를 다시 품에 넣어 제자리에 갖다 놓았다. 어미는 젖이 퉁퉁 불은 채로 엄마가 주는 미역국을 먹으며 자신의 새끼를 허락했다.

견이는 성격이 유난스러웠다. 매일 아침 짖어대는 통에 아침마다 이리저리 달래고 훈육을 시켜야 했다. 그러다 보니 이 작은 생명체들을 귀여워하기보다 어떻게 책임져야 하나 근심하는 날들이 더 많았다. 견이가 덩치는 작고 시끄러운 반면 만이는 얌전하고 덩치가 컸다. 진한 갈색 털에 뼈대가 다부진 만이. 그런 만이가 어느 날 밥도 먹지 않고 기운 없이 깽깽대기 시작했다. 씹기 편하게 부드러운 음식을 주고 탈진하지 않게 설탕물을 줬지만 점점 힘을 잃고 이따금씩 가늘게 울었다. 하필 주말이라 시내에 있는 동물병원에 연락해도 소용이 없었다. 딱 한 군데서 수의사가 휴대폰으로 전화를 받고 증상을 듣더니 내일 아침에 데려오라고 했다. 그래, 하루 정도는 잘 버텨주겠지. 애처롭게 우는 만이에게 내가 해줄 수 있는 건 "괜찮아, 만이야"라고 대답하는 것뿐이었다. 목이라도 축이라고 물을 줘봤지만 삼키지 못했다. 근심 어린 표정으로 쳐다보는 것 말고는 아무것도 해줄 수 없는 나를 보며, 만이는 무슨 생각을 했을까? 힘겹게 숨을 몰아쉬는 만이 옆을 지켰지만 간절한 바람과 달리 만이는 그날 밤을 넘기지 못했다. 애처롭던 울음소리마저 끊기고, 옅은 숨을 내쉬며 위아래로 오르락내리락하던 털북숭이의 몸은 더 이상 움직이지 않았다. 생명은 참 끈질긴 것 같으면서 어떨 땐 너무나 허무하게 사라진다. 미안하다고 만이에게 수십 번 말했지만 만이는 말이 없었다. 나는 작은 삽을 들고 뒷산으로 가 늠름하게 자란 참나무 아래를 파서 몸이 굳어진 만이를 묻었다. 갈색 털 위로 흙이 뿌려졌다. 죽은 생명을 직접 묻는 일이 처음이라 마음이 아주 복잡했다. 꼬리를 세차게 흔들며 내 손등을 핥던 만이는 그렇게 흙 속으로 사라졌다.

이후 견이는 시끄러워 못 살겠다며 주변 이웃이 불만을 제기해 엄마에게 맡겨졌다. 부모님 집은 마을에서 꽤 멀리 떨어져 있어 견이가 아무리 짖어도 뭐라고 할 사람이 없는 곳이었다. 듬직하게 곁을 지켜주던 만이가 없어진 걸 아는지 모르는지, 견이는 더 이상 크게 짖지 않았다. 예쁘고 보들보들하던 외모는 흙 위를 뒹굴며 금세 촌스럽게 변했다. 견이는 틈만 나면 창문 밖에서 나를 보기 위해 뜀박질을 했

었다. 그런 견이를 데리고 시골길을 달리기도 하고 추수가
끝난 논밭에서 뛰놀기도 했다. 함께 산책할 때면 훨씬 앞서
가다가 내가 따라가지 않으면 다시 곁으로 돌아왔다. 개는
조건 없이 인간을 사랑한다. 그 사실을 견이와 함께하며 알
았다. 해준 게 없는데도 내가 유일무이한 존재인 것처럼 나
를 좋아해주었다. 그래서일까. 그 하얀 털뭉치에게 늘 미안
했다.

시골로 오기 전 퇴근하고 돌아오면 캄캄한 원룸만이 나
를 반겼다. 사람의 온기라곤 나 하나뿐인 그때는 내 한 몸
건사하기도 힘들었다. 외롭다는 말을 꺼내면 정말로 외로워
질 것 같아 TV나 유튜브를 보는 일로 애써 외로움을 지워버
렸다. 그런데 견이를 키우고부터는 멍하니 화면을 바라볼
시간조차 없었다. 털북숭이가 주는 위안은 가족에게서 받는
듬직한 안온함과는 또 달라서 놀랐다. 놀아달라고 빤히 쳐
다보며 까만 눈동자를 반짝일 때면 책임감에 부담스러우면
서도, 가슴 한편이 몽글몽글해졌다. 말 한마디 못 하는 이
작은 짐승은 어째서 이토록 내 마음을 사로잡고, 행복하게
하고, 또 아프게 하는 것일까? 나는 그 후로도 오랫동안 견

이와 함께했고, 세상 같은 건 모두 잊어버릴 기세로 장엄한 자연 속에서 뛰놀았다. 무성히 자라나던 여름 풀들, 모내기를 마친 논 위로 데칼코마니처럼 비치던 진분홍빛 노을, 별이 뜨기 전 들리던 풀벌레 소리……. 이 모든 걸 호기심 어린 눈빛으로 바라보던 견이를 꼭 끌어안고서 내일을 살아갈 힘을 얻었다. 꼬리를 살랑이며 언제나 나에게 달려오는 견이의 모습에, 내가 하는 걱정들이 부질없게 느껴지는 날들도 많았다.

견이와 만이가 우리 집에 오자마자 찍은, 서로의 보드라운 털을 포갠 사진은 아직도 내 휴대폰에 저장되어 있다. 가끔 들춰보면 녀석들의 온기가 느껴질 것 같아 나도 모르게 휴대폰 화면에 손을 댄다. 돌아보면 해준 것에 비해 받은 것이 더 많다.

내가 책임졌다는 '오만'도, 강아지는 가족이 될 수 없다는 '편견'도 이제는 모두 사라졌다. 사진 속 몽실몽실 귀여운 만이와 견이가 금방이라도 낑낑대며 달려올 것만 같다.

이제
뭐 먹고 살지?

"뭔가를 하긴 해야 해."

작은언니 옆에 누워 한가하게 휴대폰을 보다 말고 이야기를 꺼냈다. 익숙하다는 듯 언니는 대꾸도 하지 않고 자세를 바꿔 계속 휴대폰만 본다.

"이대로는 안 된다고!"
"시끄러. 웹소설 읽는 중이니까 나가!"

혼잣말 같은 결의에 언니는 미간을 좁혔다. 우리 집은 서열이 확실하기 때문에, 언니의 심기를 더는 건드리지 않으려 내 방으로 와 노트를 꺼냈다. 그러고는 내가 할 수 있는 것 혹은 잘하는 것을 하나하나 나열하기 시작했다. 이왕 직장생활을 때려치웠으니 그동안 해보고 싶던 일들을 우선으로 써 내려갔다. 시골이라 할 수 있는 게 많지 않을 줄 알았는데 쓰다 보니 의외로 선택지들이 꽤 있었다. 꼭 대도시에만 있는 일자리를 원하는 게 아니라면 굳이 시골에서 못 할 일도 없다. 오히려 분야에 따라서는 취업이나 창업이 훨씬 쉬울 수 있다. 내 이력을 쭉 적었다. 서울에 있는 대학을 나왔고, 출판사 정규직과 대기업 인턴, 공공기관 정규직 경력을 갖고 있다. 분야를 굳이 따지자면 홍보. 하지만 나이가 좀 있다 보니 홍보 쪽 취업은 쉬울 것 같지 않다. 서른을 훌쩍 넘은 애매한 경력직은 시골에도 서울에도 자리가 없기 때문이다.

지방 공공기관 재취업, 대형마트나 시내의 작은 회사 취업, 카페 창업, 농사, 프리랜서, 공무원 등 능력과 적성을 고려한 후보군을 추려냈다. 그리고 딱히 끌리지 않는 것들을 지우고 현실적으로 할 수 있는 것 위주로 정리하니 세 가지

일만 남았다. 첫째, 본격적으로 부모님 농사 물려받기. 둘째, 웹소설 작가 되기. 셋째, 공무원 시험 보기. 미래를 결정할 중요한 선택이었기에 이불 덮고 바닥에 누워 아주, 아주, 신중하게 고심했다.

첫째, 농사 물려받기. 시골에 오자마자 호기롭게 시도했던 들깨 농사가 예상치 못한 가뭄으로 망하면서 다소 자신감이 떨어지긴 했지만, 농사는 내가 조기교육을 받은 분야다. 마음잡고 본격적으로 하면 못할 것도 아니었다. 부모님 도움을 받고 차근차근 해보면 잘할 수 있을 것 같았다. 솔직히 사회생활로 쌓아 올린 경력보다 농사 경력이 훨씬 길다. 농사는 지금이든 나이가 들어서든 절대 포기하지 않을 내 인생 직업 중 하나다. 그 마음 하나만으로 호기롭게 농사를 선택지에 넣었다.

둘째, 웹소설 작가 되기. 어릴 때부터 책을 좋아해서 학창시절 내내 글을 썼다. 빳빳한 종이에 사각사각 연필로 생각을 늘어놓는 일은 나를 가장 나답게 만들어주는 습관이었다. 웹소설 시장이 비약적으로 성장하는 걸 보고 어쩐지 마음이 자꾸 갔다. 회사 다니느라 여유가 없어 도전하지 못했던 꿈을 드디어 실현시킬 기회가 왔다. 어차피 돈 드는 일도 아닌데 시도하지 않을 이유가 하나도 없었다.

셋째, 공무원 시험 보기. 20대 때 공무원이 되고 싶었다. 부모님이 딱 2년만 지원해주면 합격할 자신이 있었건만 당시 우리 가족 모두 사정이 어려웠기에 기댈 사람이 없었다. 다행히 공무원은 60세까지 나이 제한이 없다. 참 감사한 일이다. 언제든 기회를 주겠다는 든든한 버팀목처럼 느껴졌다. 이렇게 세 가지 선택지를 두고 고민하던 나는 가장 접근하기 쉬운 일부터 해보기로 했다. 어차피 농사는 이 집에 있으면 하기 싫어도 해야 하는 일이다. 공무원은 시험을 준비하기 시작하면 다른 일은 아예 생각할 수 없다. 그렇다면 남은 선택지는 하나, 웹소설 쓰기.

"언니! 나 웹소설 쓸 거야."

언니 방으로 달려갔다. 웹소설을 읽던 언니는 역시 동요하지 않고 나를 한심하게 바라보았다. 그러고는 천천히 몸을 일으켜 한마디 툭 던졌다.

"그러든지. 가을부터 곶감 농사 시작해야 하니까 그전에 끝내."

　언니는 어차피 내가 무얼 하든 관심이 없었다. 그저 곶감 농사에 지장만 없으면 되는 거였다. 곧장 노트북을 앞에 두고 시력이 나쁘지 않은데 단지 멋있어서 마련한 동그란 안경을 쓰고는 집필 모드에 돌입했다.

　언론에서 웹소설 작가가 수십 억을 버는 떠오르는 직종이라고 떠들어대지만 사실 그건 정말 특별한 케이스일 뿐, 대부분 최저시급도 건지지 못한다. 첫 작품의 경우 수익은 고사하고 완결만 해도 성공이라고 했다. 식당에서 처음 음식을 만들어본 견습생의 요리를 내놓지 않듯이 나 또한 첫 작품으로 돈을 벌 생각은 없었다. 내 글이 마음에 안 들어 자괴감에 빠지는 한이 있어도 반드시 완결은 짓기로 마음먹었다. 웹소설은 누구나 쓸 수 있을 만큼 쉬워 보이지만 절대 그렇지 않다. 독자를 사로잡는 클리셰, 물 흐르듯 자연스러운 전개, 작품에 걸맞은 단어 선택과 상황 묘사 등 익혀야 할 게 한두 개가 아니었다. 기성 작가들이 정리한 팁을 꼼꼼하게 읽으면서 로맨스 소설 시장을 살피고 어설프게나마 시놉시스를 짠 뒤 한 편 한 편 쓰기 시작했다. 조카들이 학교

와 유치원을 간 사이, 아기 냄새가 나는 이불 속에 파묻혀 머릿속에 떠오르는 장면들을 써 내려갔다. 어색하면서도 신기한 경험이었다. 내 소설의 주인공들은 부족한 나의 실력에도 참을성 있게 이야기를 끌고 갔다.

유명한 포털사이트 웹소설 페이지에 글을 하나둘씩 올렸다. 모든 게 처음인 초보 작가의 글은 당연히 많은 사람의 주목을 끌지 못했다. 그래도 상관없었다. 한두 명이라도 봐주는 게 감사했고, 다음 화를 올리고 싶어 더 열심히 글을 썼다. 그것이야말로 창작자만이 느낄 수 있는 순수한 기쁨이었다.

내가 매일 글을 쓰느라 언니를 귀찮게 하지 않자, 언니는 심심했는지 무슨 작품을 올리는지 그제야 물어봤다. 드디어 알아주는구나 싶어 당당하게 작품 이름을 말했고 얼마 뒤 언니 아이디로 추정되는 악플이 올라왔다. "진짜 재미없어요. 으하하하"라든가, 다음 내용을 스포일러 하는 장난 섞인 댓글이었다. 웹소설 생태계를 나보다 더 잘 아는 언니의 짓이 분명했다. 언니 방으로 달려가 악플을 내려달라 호소했다. 언니는 깔깔대며 한참을 놀렸다.

봐주는 이가 없어도 웹소설을 쓰는 재미에 푹 빠져 목표도 세웠다. 이 작품에 관심을 갖는 독자 수 30명을 달성하고, 다음 작품에서는 50명을 달성하겠노라고. 그리고 2년 뒤에는 웹소설 베스트리그에도 진출할 것이라고.

그러던 어느 날이었다. 어스름하게 해가 지는 시간, 글을 쓰기 위해 체력을 키우고자 열심히 마당에서 스트레칭을 하고 있었다. 옆에 둔 휴대폰으로 띵동 소리가 들려왔다.

작가님께서 네이버웹소설 '챌린지리그'에 연재하고 계신 작품이 네이버웹소설의 '베스트리그' 승격작으로 선정되었음을 알려드립니다.

메일을 읽고 또 읽었다. '베스트리그'란 정식 연재는 아니지만 가능성이 있는 작품들을 인정해주는 리그였다. 동네가 떠나가도록 소리를 질렀다. 흥분을 감출 수 없었다. 나 같은 초보가 이런 굉장한 성과를 누려도 되는 건가? 얼떨떨한 마음과 기쁨이 수시로 교차했다. 나를 비웃었던 작은언니에게 당장 전화를 걸었다. 친구들과 저녁을 먹던 언니는 웬일로 놀리는 대신 축하한다는 말을 건넸다. 전화를 끊고도 흥분이 가시지 않아 한참 동안 마당을 뛰어다녔다. 기세를 몰아

완결까지 가열차게 썼다. 독자들도 결말을 칭찬했다. 모든 게 흡족했다. 내 작품을 세상에 내보인다는 것, 독자들의 칭찬과 응원을 듣는다는 것이 어떤 기쁨인지 알게 해주는 경험이었다. 그 이후로도 틈틈이 웹소설을 쓰며 창작의 기쁨을 누렸다. 어떤 날에는 글이 써지지 않아서, 어떤 날에는 남들과 비교를 하느라 괴로웠지만 작품을 몇 번 엎는 과정에서도 웹소설 쓰는 일을 놓지는 않았다.

결국 지난해 정식으로 웹소설을 런칭했다. 웹소설 작가가 되겠다 다짐하고 5년 만의 일이다. 공들인 시간에 비하면 터무니없이 적지만 고료도 들어왔다. 첫 수입치고는 나쁘지 않았다. 무엇보다 첫 작품을 완성한 이후로 나는 많이 달라졌다. 세상에 내가 쓴 글을 내보일 수 있다는 자신감이 생겼다. 웹소설은 무엇이든 쉽게 포기하는 내가 어려워도 놓지 않은 몇 안 되는 분야였고, 조금씩 해나가면 결국 이룰 수 있다는 진부한 격언을 삶 안으로 당당히 끌어들인 자랑스러운 성과였다.

곶감 농사 1
자연의 일, 농부의 기분

"여보! 위험해! 여보오오오!"

큰언니의 호들갑 섞인 애교가 감 밭으로 퍼졌다. 작은언니와 나는 무언의 눈빛을 주고받으며 고개를 절레절레 흔들었다. 감나무 위에서 감을 털던 형부는 처제들의 시선을 의식하며 터져 나오는 웃음을 꾹꾹 눌렀다. 세 자매의 호기로운 곶감 농사를 위해 농사일이라곤 해본 적 없는 큰형부마저 급하게 투입된 탓이다. 오래 준비한 곶감 농사가 드디어 시작되었다.

　채도가 낮은 주황빛이 가을 산을 물들일 즈음, 산 아래의
감은 선명한 주홍빛으로 물든다. 이때쯤 대부분의 집이 채
비를 마치고 감 수확에 나선다. 곶감 철이 되면 사람들의 이
야기 소리와 후드득 감 떨어지는 소리가 상주의 산과 들을
채운다.

　"여름아, 옷 단단히 입어. 장갑도 찾아 끼고."

　몸도 제대로 안 풀린 상태에서 혹여 다칠까 염려했는지
아침마다 언니들의 걱정이 잔소리의 옷을 입고 넘어왔다.
서늘한 날씨에 옷깃을 단단히 여미고 밭으로 향하면, 처음
에는 한숨이 나오지만 곧 일에 집중하게 된다. 한번 집중하
기 시작하면 몸이 슬슬 풀렸고, 언니들의 걱정이 무색하게
십수 년 농사일로 단련된 몸이 기뻐하는 게 느껴졌다. 적절
한 리듬에 맞춰 감을 털고, 주워 담고, 상자를 옮기는 동안
몸은 마치 꾸준히 해왔던 일인 듯 자연스럽게 따라와 주었
다. 떨어진 감을 착, 담아 깨끗해진 나무 아래를 보면 마음
이 뻥, 뚫린 듯 시원했다. '꽤 오랫동안 농사일을 안 했는데

이게 뭐람!' 당황스러우면서도 농사꾼의 딸은 어쩔 수 없다고 체념하며 내가 진정한 '농수저'임을 조용히 받아들였다.

농사일을 해본 사람은 알겠지만, 일하는 내내 사람들은 즐거운 대화를 주고받는다. 몸이 일하는 만큼 입도 함께 일하는 것이다. 언니들과 나는 예전에 있었던 일들을 들춰내 '추억 팔이'에 나서기도 하고, 최근 뉴스를 장식한 사건들에 대해서 말하기도 했다. 조카들 이야기나 친척들 이야기도 빠지지 않았다. 자매들의 수다는 해도 해도 끝이 없어서, 감을 따는 내내 말소리는 끊이지 않았다.

감 따는 현장에 웃음이 가득하다고 해서 우리가 곶감 농사를 우습게 생각하는 건 절대 아니다. 그냥 한번 시도해봤던 들깨 농사와는 차원이 다른, 한 해 감 농사를 좌우할 만큼 중요한 일이니까. 게다가 온 동네가, 아니 상주 전체가 곶감에 매달려 있으니 덩달아 진지하게 응할 수밖에 없다. 잘하고 있는지 꼼꼼히 점검하고, 품질 좋은 곶감으로 만들기 위해 고민했다. 부모님 도움 없이 하는 첫 농사. 입은 웃고 있어도 마음만은 팽팽한 긴장의 끈을 놓지 못하고 있었다.

하루, 이틀, 사흘…… 날을 거듭하며 여기저기 흩어진 감

나무 밭을 하나하나 해치워갔다. 아침 일찍 감나무 밭으로 출근하면, 굵은 감이 빛 바랜 잎사귀 사이사이로 제 모습을 드러냈다. 한 손에 꽉 차는 튼실한 감. 농사꾼은 시세와 관계없이 잘 익은 농산물을 보면 기분이 좋다. 나는 감을 하나하나 따 담으며 어릴 때 느꼈던, 하지만 오랫동안 잊고 있던 잘 여문 과일이 선사하는 농부의 기분을 다시 느낄 수 있었다. 그건 바로 뿌듯함이었다. 손이 닿는 곳마다 과일 표면에 묻은 새벽 안개의 흔적이 사라지고, 그 위로 감의 선명한 색깔과 물방울 몇 개가 남았다. 수분 가득한 생명감이 농사의 즐거움을 더해주었고, 가끔 발견하는 탱글탱글한 홍시는 맛있는 간식이었다.

열심히 따 나른 감은 '감타래'라고 불리는 작업장에서 하나하나 기계로 깎는다. 감을 끼우면 자동으로 기계가 돌아가고, 감 표면의 곡선을 따라 리듬체조 선수가 휘젓는 리본처럼 껍질이 큰 원을 그리며 깎인다. 옷을 벗은 감이 또르르 아래로 굴러떨어지면 깎이지 않은 부분을 또 한 번 감자 칼로 민다. 맨몸이 된 감들이 상자에 가득 모이면, 드디어 본격적으로 감을 다는 작업이 시작된다.

일정한 간격으로 최대한의 효율을 맞춰 매달린 감들은

그 자리에서 꼼짝없이 두 달 정도를 버텨야 한다. 그렇게 오랜 시간 차가운 바람과 따뜻한 햇살을 반복해 맞으면 겉은 쫄깃하고 속은 촉촉한 '겉쫄속촉'의 상주 곶감이 된다.

처음 걱정과 달리 곶감 농사는 순조롭게 진행됐다. 동네 어른들이 우리 집 감 타래를 들여다보고 "남자 없이 여자들끼리 곶감을 하는구나"라며 감탄을 아끼지 않았다. 시골에서는 남자들이 농사를 주도하곤 하니 신기해 보였을 것이다. 농사 경험치 '만렙'인 어른들이 보기에 여자 셋이서 대충 한 것처럼 보일지 몰라도 이 농사의 총책임자인 작은언니는 이미 여러 번 곶감 농사를 경험한 베테랑이었다. 작은언니는 우리 중 가장 먼저 고향으로 돌아와 부모님과 농사를 짓고, 농업기술센터에서 주관하는 교육을 통해 인맥도 넓히며 착실하게 기반을 다졌다. 큰언니와 나 역시 농사 경력이 짧지 않은, 단련된 감각으로 능숙하게 농사일을 처리할 수 있는 일꾼이었다. 그러니까 이 모든 건 신입처럼 보이는 경력직들이 만들어낸 결과다.

셋이 농사를 한다고 했을 때 자매끼리 싸우면 어쩌나 걱정했었다. 한 명이 안 한다고 자리를 박차고 가버리면 농사가 중단될 위험도 충분했다. 하지만 놀랍게도, 개성이 각기

다른 우리 셋은 곶감 농사를 하며 단 한 번도 싸우지 않았다. 사소한 다툼이나 의견 차이도 없었다. 누가 먼저랄 것도 없이 착착 손발을 맞추어 일을 추진했고, 작은언니의 지휘 아래 잡음 없이 일을 처리했다. 오랜 시간 함께 일해온 동료도 이만큼 맞추기는 힘들 만큼 잘 맞았다. 그런데 사실 그럴 수밖에 없었다. 우리는 20년 넘게 부모님의 농사일을 도운 사람들이다. 아주 어릴 때부터 조기교육으로, 그것도 1만 시간 넘게 손발을 맞춰왔는데 안 맞으면 그게 더 이상할 노릇이었다.

그렇게 세 자매와 일꾼들의 가을을 통째로 투입한 노동의 결과물이 감 타래에 가지런히 달렸다. 서산으로 지는 느릿한 가을 해가 감 타래를 비추면 영롱한 감의 자태는 더욱 선명해졌다. 우리 집뿐만 아니라 온 동네가 감으로 가득 찼다. 사람들은 감을 하는 동안 미뤄두었던 일들을 하나둘 해나갔다.

이제는 오롯이 감과 자연의 시간이다. 사람이 개입할 수 있는 일은 지극히 적다. 귀찮은 일을 도맡아준 큰언니는 다시 서울로 갔고, 나와 작은언니는 조금씩 겨울 채비를 하며 농사의 결과물을 기다리기로 했다.

곶감 농사 2
나는 농사를 지어도 될까?

　하얀 입김이 공기 중으로 사라진다. 풀 잎사귀에는 서리가 보얗게 피어 있다. 너무 춥지도, 덥지도 않은 날씨 속에서 두 달을 살아남은 곶감은 어디에 내놔도 부끄럽지 않은 최상품이 됐다. 주황빛에 갈색빛이 더해지고, 탱탱했던 과육은 수분이 마르며 쫄깃하게 변했다. 겉에 붙은 하얀 분은 달콤함의 상징. 나는 조심스레 곶감의 배를 가르며, 촉촉한 속살을 확인한다.

"설 전에 얼마나 갖다 낼 거야?"

"글쎄, 될 수 있는 한 많이?"

언니는 재빠르게 손을 놀리며 대답했다. 두툼한 패딩을 껴입고도 온열 선풍기를 튼 작업장. 바닥에는 작은 전기장판까지 깔았다.

과일 대부분이 그렇지만, 출하는 명절 직전에 하는 게 가장 좋다. 특히 겨울철 간식 곶감은 설 전에 맞춰서 출하하는 게 최고다. 출하 시기를 맞추고자 이른 아침부터 작업을 시작한다.

곶감 선별기가 없는 우리는 뒷집에서 선별기를 잠깐 빌려 쓰기로 하고 몇 차례에 걸쳐 작업에 나섰다. 곶감을 하나하나 접시 위에 담으면, 선별기는 자동으로 무게를 재 사이즈가 같은 것들끼리 한데 모은다. 그러면 우리는 그것을 차곡차곡 상자에 담아 감타래로 가져갔다. 개별 택배로 보낼 것은 선물용 종이상자에 포장하고, 도매로 넘길 것은 곶감 상자에 담았다. 정신없이 바쁘게 움직이다 보면, 잠에서 깬 조카들이 옷을 입고 하나둘 나와 옆에 앉는다.

"왜 나왔어, 들어가서 더 자."

보드라운 볼을 사랑스럽게 쓰다듬으면 아이들은 고개를 끄덕이고 다시 방으로 들어간다. 낑낑대며 어미를 따라오는 강아지들 같다. 얼른 아침밥을 줘야 하는데 마음이 조급해진다. 결국 언니는 혼자 할 테니 아이들 아침밥을 챙겨주고 오라는 지시를 내린다. 방으로 들어가니 아침부터 TV 속 만화에 집중한 아이들과 온기가 따뜻하게 감도는 집 안이 나를 반긴다. 어릴 적 부모님이 새벽 작업을 하고 돌아오실 때 마음을 이제는 알 것만 같다.

작업한 곶감은 상주 시내나 면 소재에 있는 조합에 실어 나른다. 다른 집도 곶감 출하에 한창이다. 곶감이 트럭에 가득 실리고, 우리는 값이 잘 나오기를 바라며 집으로 돌아온다.

창밖은 이미 겨울 느낌 가득한 허허벌판이다. 사람들은 겨울이라고 해서 놀거나 쉬지 않고, 밭을 정리하거나 폐농 자재를 갖다 버리며 다음 농사를 준비했다.

곶감을 판매한 돈이 들어올 때마다 작은언니는 꼼꼼히 기록했다. 우리가 매단 곶감이 제값에 팔리는 것이 너무 신기했다. 농사를 지어서 먹고살 수 있겠다는 생각이 들었다. 직장생활이 아닌, 다른 경로를 통해 돈을 버는 일이 처음이었다. 부모님이 평생 그렇게 살아왔는데도 내가 직접 겪는 것은 차원이 달랐다.

안타깝게도 그해 곶감 가격이 전체적으로 좋지 않아 이익을 남기진 못하고 본전만 겨우 건졌다. 사실 최악은 아니다. 농사는 사업이나 마찬가지여서 투입한 자본을 그대로 날리는 경우도 허다하다. 반대로 풍작이 되어 몇 해 동안 벌 수 있는 돈을 한번에 벌기도 한다. 돈을 벌었다면 더 좋았겠지만, 첫 농사치고 나쁘지 않은 결과였다. 어쨌든 우리가 직접 농사를 지어본 거니까.

하지만 노트에 빼곡히 적힌 곶감 대금을 보며 언니와 나는 깊은 고민에 빠졌다. 그렇게 열심히 했지만 결국 인건비도 못 건졌기 때문이다.

"언니, 농사를 계속하는 게 현명한 선택일까?"

"글쎄. 우리가 농사를 짓기에는 자본도 없고 기술도 없긴 하지."

언니는 담담한 대답을 건넸다. 들리는 소문에 의하면 초
등학교 남자 동창들 중 이미 농사로 자리 잡은 친구도 있단
다. 수익이 꽤 좋다고 소문난 걸 보면 농사를 잘 짓는 모양
이었다. 다만 그들이 많은 토지와 농기계를 물려받았기 때
문에 본격적으로 농사를 지어도 무리가 없는 조건이었다면,
우리는 물려받을 땅이 없는 거나 다름없었고 농기계도 기술
도 부족했다.

이런 불리한 여건을 극복하면서까지 나는 농사를 짓고
싶은 걸까. 한 해의 모든 노력이 수포로 돌아가도 다시 일어
설 수 있는지, 농기계를 잘 다룰 자신이 있는지, 농업 기술
을 잘 배워서 경영에 성공할 자신이 있는지 손가락을 꼼지
락대며 고민했지만 해결책이 나오지 않았다.

잘할 자신이 없었다. 농사를 좋아하지만 이걸로 밥벌이를
할 만큼 성공할 자신이 없었다. 나는 농기계를 다루는 것도
무섭고 한 해 고생이 수포로 돌아가는 걸 감당할 만큼 담대
하지도 않았다.

긴 정적을 깨고, 언니에게 나의 마음을 솔직하게 털어놓
았다.

"농사는 아닌 것 같아."

"그래. 농사는 힘들지."

어떤 미련도 없는 결정이었다. 만약 그때 곶감 농사를 본
격적으로 해보지 않았다면 전업농에 대한 미련이 여전히 남
아 있을지 모른다. 나는 농사를 좋아하지만 텃밭을 가꾸거
나 취미로 하고 싶지 그것으로 먹고살 자신이 없다는 걸 확
실히 깨달았다. 그것으로 충분했다. 아쉽거나 속상하지 않
았다.

농사는 그것으로 끝이었지만 신기하게도 어떤 일을 할
때마다 그때의 기억들이 떠올랐다. 스트레스로 과부하가 걸
려 모든 걸 그만두고 싶다가도 내 몸을 움직여 정직하게 일
하던 그때를 떠올리면 다시금 겸허해졌다.

'나는 곶감 농사도 했던 사람이야.' 그렇게 생각하면 무엇
이든 할 수 있었고, 눈앞에 놓인 일들의 무게도 가벼워 보
였다.

몸의 고단함이 동반된 단단한 노동의 경험, 그것은 튼튼
한 자신감으로 변했고 무슨 일이든 겁내지 않을 수 있게 되
었다.

만약 내가 퇴사하지 않고, 고향으로 돌아가지 않고, 글을 쓰지 않고, 농사를 지어보지 않았다면 어떻게 됐을까?

　정직한 경험이야말로 가장 오래가는 자산이다. 실패와 포기의 경험도 정직하게 부딪힌다면 그 자체로 실패가 아닐 것이다. 그렇게 곶감 농사는 실패와 포기의 기억이면서 동시에 몇 안 되는 대단한 성공의 경험이 되었다.

가자미 튀김과
미역국

　시골의 아침은 밤새 무슨 일이라도 있던 것처럼 분주하게 떠드는 새들로 시끄럽다. 밤새 내린 이슬이 아침 햇살에 사라져버리기 직전, 주방에서 달그락거리는 소리가 들렸다. 방문 너머 훤히 들리는 엄마 아빠의 말소리. 아주 어릴 때부터 들었던 집 안의 익숙한 소리들이 한번에 몰려 들려왔다.

　"여름아, 일어났어?"

어쩐 일인지 평소보다 목소리가 더 다정하다. 어리광이 섞인 기지개를 켜고는 두 눈을 끔벅이며 거실로 나가니 식탁 위에 미역국과 가자미 튀김을 비롯한 갖가지 반찬들이 올라가 있다. 조금 놀란 나의 표정을, 엄마는 세심하게 살핀다.

"내 생일이라고 해준 거야?"
"응."

세 사람이 넉넉히 먹고도 남을 가자미 튀김이 키친타월을 깐 쟁반 위에 수북이 쌓여 있다. 노릇노릇하고 바삭한 겉면이 한눈에 봐도 잘 튀겨졌다. 스무 살, 서울에서 자취를 시작한 뒤부터 받아본 적 없는 생일상. 서른이 훌쩍 넘은 딸이 칠순을 훌쩍 넘긴 엄마에게 받기에 너무나 과분한 상차림이다.

"맛있어?"
"응! 완전! 언니랑 오빠한테 자랑해야겠다."

바삭바삭한 튀김옷과 부드러운 흰 살을 함께 떼어 먹으니 입 안에 충만한 행복이 꽉 들어찬다. 미역국도 입맛에 딱 맞아서 밥그릇을 싹싹 비웠다.

가난한 살림에 사 남매를 키워야 했던 부모님은 새벽부터 들에 나가 해가 져야 돌아오는 생활을 반복했다. 그러다 보니 어린이날이나 크리스마스 같은 기념일을 일일이 신경 쓰지 못했지만 생일만은 어떻게든 챙겨주려 했다. 방앗간에 갈 시간이 없어 집에서 백설기를 찌면 어린 우리는 제비 새끼처럼 기다렸다 갓 나온 포슬포슬하고 따뜻한 떡을 설탕에 찍어 먹었다. 백설기 안에는 가끔 쑥이나 건포도가 들어 있기도 했다. 거기에 넉넉히 만든 양념갈비와 평소보다 푸짐한 반찬들 그리고 미역국이 더해지면 여섯 식구가 상에 둘러앉아 오순도순 밥을 먹었다. 마흔에 나를 낳은 엄마가 긴 세월 동안 그 모든 것을 해내느라 정말 고생이 많았을 테다. 그걸로 모자라 칠순이 넘어서까지 자식 생일상을 차리는구나. 서른 중반, 멀쩡한 직장을 때려치우고 부모님 집으로 내려왔는데 딱히 하는 것도 없고 그렇다고 농사일을 하는 것도 아닌 막내딸. 아마도 엄마 아빠는 나에 대한 주변 사람들의 쓸데없는 참견과 조언에 시달렸을 것이다. 딸이 난데없이 고향집으로 와 살겠다는데 부모님이라고 걱정이 없었을까. 그럼에도 티를 내는 대신 평소보다 더 따뜻하게 대해주는 두 사람을 보며 세상 어디서도 찾을 수 없는 안온함과 미안함이 동시에 밀려왔다.

내가 어떤 모습이든 엄마 아빠가 항상 옆을 든든히 지켜주고 있다는 것만으로도 언제든 도망칠 장소가, 내 삶에 마지막 보루가 있다는 기분. 실패해도 혹은 큰 잘못을 저질러도 부모님만은 나를 따뜻하게 안아줄 것 같다는 자신감이 내가 세상의 눈치를 덜 보고, 하고 싶은 것을 할 수 있게 만들어주었다.

해가 진 저녁, 자식처럼 키운 오이들을 가득 쌓아둔 작업장에서 엄마 옆에 앉아 시키는 일을 하며 재잘재잘 수다를 떨었다. 호기롭게 회사를 그만두었음에도 남아 있는 불안감을 어쩌지 못해 "망하면 어쩌지?" 하고 걱정하던 내게, 무심히 오이를 고르던 엄마는 "부지런하면 어떻게든 먹고 살아"라며 의심이 전혀 섞이지 않은 말을 툭 던졌다. 성실하면 어떻게든 살 수 있다는 엄마의 말이 마음 안에서 단단하게 뿌리를 내렸다. 내 안에 가득 자란 악몽들을 물리쳤다.

어른이 된다고 부모님의 존재가 작아지는 게 아니란 걸 성인이 되고서도 한동안은 알지 못했다. 이제는 안다. 오랜 시간이 지나 내가 나이 들고 부모님이 쇠약해져도 부모님이 나의 마지막 의지처라는 사실은 변하지 않는다는 걸. 언젠가 내가 아이를 낳고 머리가 희끗희끗해진대도 마찬가지일 것이다.

열심히 하자. 엄마보다 훨씬 덩치가 큰 나는 그 옆에 앉아 그게 무어든 최선을 다하기로 결심했다. 내가 엄마에게 이렇게 사랑받는 소중한 존재라는 걸 떠올리면 무슨 일이든 함부로 할 수 없다. 사랑받을 만한 존재라는 걸 증명하기 위해서가 아니라, 이 귀한 사랑에 함부로 생채기를 내고 싶지 않아서다. 사랑할 시간 역시 무한정 주어져 있지 않으니까.

단기 알바를
구했습니다

"운전면허가 없으시네요?"

"네, 운전은 못 하는데요."

책상에 쪼르륵 앉은 면접관 셋은 잠시 고민하는 모습이
었다. 예순에 가까워 보이는 분 하나, 마흔을 갓 넘긴 듯한
분 둘. 모두 남자였다. 공고문에 운전면허 소지자 우대라는
말이 적혀 있었기에 그 표정의 의미를 금세 눈치챌 수 있었
다. 혹시나 해서 지원했지만 '역시나'일 것 같아 멋쩍은 얼

굴로 면접을 끝마쳤다.

　퇴사한 지 6개월. 곶감 농사도 마무리되자 돈 되는 일이 하고 싶었다. 고향의 취업 시장은 서울만큼은 아니지만 일 자리가 아예 없지는 않았다. 마음에 드는 공고를 우연히 발 견하고 운전면허가 없는 게 마음에 걸렸지만 일단 도전하기 로 했다. 지원하는 데 돈이 드는 건 아니니까.

　"저기, 조여름 씨 잠깐만 기다려줄 수 있나요?"

　면접을 마치고 집에 돌아가려는 찰나 세 면접관 중 가장 어려 보이는 남자가 급하게 뒤따라와 작은 소리로 말했다. 내가 눈을 깜빡이자 당황했는지 그냥 집에 가셔도 된다고 했다. 면접은 망했다고 생각했는데 집에 가니 모르는 번호 로 전화가 왔다. 그분이었다.

　"이 일이 원래 차로 이동하면서 하는 일인데, 사무실에서 사무보조 해줄 분도 필요하거든요."

　운전을 못 한다는 단점이 있었지만 다른 면접자들에 비

해 나이가 적고 공공기관 경력이 있다 보니 사무보조로 제격인 모양이었다. 다음 주부터 출근하겠다 말하고 전화를 끊고 나니 기분이 묘했다. 고향에서 20년 넘게 살았지만 여기서 이렇게 제대로 일을 해보는 건 처음이었다.

업무는 어렵지 않았다. 아침에 출근해 탕비실을 정리하고 커피포트에 물을 올려 뽀얗게 김이 올라오면 차를 우린다. 그리고 뉴스를 모니터링하고 그날그날 시키는 일을 하면 된다. 그다지 어렵지도 지루하지도 않은 업무였다. 오랜만에 느껴보는 사무실 분위기지만 큰 도시에서 일할 때와 기분이 아주 많이 달랐다.

애당초 인원이 적은 곳이다 보니 쓸데없는 사내정치도 없고 사무실은 대학 도서관보다 더 조용했다. 사람들은 사투리를 썼다. 내게 직장이란 서울이나 큰 도시에만 있는 것이었는데, 이런 소도시에서 일을 하게 되니 무척 낯설면서 익숙했다. '이럴 수도 있구나. 그래, 이런 길도 있는 거였어.' 이상했다. 같은 직장생활인데 이전처럼 큰 긴장감도, 답답함도 없었다. 책임이 적어서인가? 타닥타닥 키보드를 두드리는 동안 나름 결론을 지었지만, 그것만으로는 부족했다. 첫 출근 때 느꼈던 묘한 느낌이 지속됐다.

그날도 평소와 다를 바 없는 평범한 날이었다. 커피포트에 물을 채우고, 끓이고, 손님이 오면 차를 내오는 일을 반복했다. 그 일들을 처리하고 자리로 돌아왔는데, 옆자리에 앉은 정규직 직원이 모니터를 뚫어져라 바라보며 기안을 올리고 있었다. 처음 보는 것도 아닌데 왜였을까? 단정하게 정렬된, 군더더기 없이 깔끔한 문서를 한동안 멍하니 바라보았다. 작년 여름까지 매일 하던 일이었다. 평소와 다르게 그날은 도저히 눈을 뗄 수가 없었다. 한참을 바라보던 나는 눈을 깜짝이다 아랫입술을 지그시 깨물었다. 아르바이트를 시작한 지 한 달 반, 나의 마음은 다시 일하고 싶다고 아우성치고 있었다.

집에 돌아온 후에도 감정은 쉬이 가라앉지 않았다. '힘들다고 난리를 치면서 그만두더니, 이제 와 다시 일이 하고 싶다고?' '지금은 그때와 다르잖아. 어떻게 알아? 더 좋은 직장에 들어갈지? 어차피 지금 딱히 대안도 몇 개 없잖아.' 내 안의 여러 감정들이 복잡하게 얽혀 서로 싸워댔다.

그렇다. 나는 일을 잘하고 못하는 것과 별개로, 일이 주는 순수한 즐거움을 좋아하는 사람이었던 것이다. 그동안 너무 지쳐서 잊고 있던 그 순수한 감각이 다시 살아나는 기분이었다. 그렇다고 빌딩 숲으로 돌아가고 싶은 건 아니었다. 단순한 삶을 유지하면서 직장생활로 밥벌이를 할 수 있다면, 그렇게 도시의 장점과 시골의 장점을 가져올 수 있다면 그것이야말로 내가 딱 원하는 일상이라는 생각이 들었다.

시골이라고 꼭 농사를 지어야 하는 것도 아니고, 이전의 내 삶에서 크게 벗어나야 하는 것도 아니다. 회사를 그만둘 때 막연하게 생각했던 것들이 갈수록 또렷해졌고, 하나둘 내게 맞는 정답을 찾아가는 것 같았다.

그날 이후 이런저런 정보들을 알아보고 바로 공무원 시험 강의를 결제했다. 작은언니와 부모님께도 공무원 시험을 보겠노라 선언했다. 두꺼운 수험서를 주문했고, 틈틈이 공부할 수 있는 앱도 깔았다. 시험에 합격하면 직장인으로 평생 고향에서 살게 될 터였다.

공무원에
도전해보려고요

    인생이란 게 계획할 땐 정해진 항로로 쭉 갈 것 같지만, 가끔은 생각지도 못한 방법으로 목적지에 다다르기도 한다. 내비게이션이 고장 나 헤매던 길이 어쩌다 보니 지름길인 것처럼. 공무원이 되기로 결심하고부터는 해가 뜨기 전에 온라인 강의를 듣고 해가 뜰 때쯤 도서관에 갔다. 내가 탄 버스가 굽은 시골길을 천천히 돌아가는 모습은 생소하면서 정겨웠다. 고향을 떠난 지 십수 년, 고향엔 아는 얼굴들이 거의 없었는데, 신기하게도 버스에 탄 어르신들이 가끔 누구네 집 딸이 아니냐고 묻곤 했다. 서른 넘어 공부하겠다고 도서관에 가는 게 창피하긴 했지만 그런 걸 따질 여유는 없었다.

공부. 그래, 공부하는 게 세상에서 제일 쉽지. 그런 마음가짐으로 열람실에 자리 잡고 짐을 꺼냈다. 낙서로 빼곡했던 책상은 주기적으로 페인트칠을 하는지 깨끗했다. 다른 사람들에게 방해가 되지 않게, 조심스레 독서대를 꺼내 두꺼운 수험서를 착착 정리했다. 학생으로 돌아간 것 같은, 정말 오랜만에 느껴보는 기분. 가만히 책에 집중하며 순수 공부 시간을 쟀다.

이슬이 채 마르지 않은 아침 일찍 공부를 시작해 진분홍빛 노을이 논 위에 비치는 저녁에서야 집으로 돌아오는 하루. 다이어리에 그날그날 공부한 내용을 꾹꾹 펜으로 눌러 쓰고 뿌듯해하는 하루는 부족하지도 과하지도 않은 일정으로 채워졌다. 미래에 대한 약간의 불안이 함께했지만, 그보다 훨씬 많은 희망이 걸음을 가볍게 했다.

그럼에도 내일에 대한 불안이 가라앉지 않을 때면 그동안 꿋꿋하게 쌓아 올린 조그마한 경력으로 원서 쓸 곳을 찾아보았다. 적당히 괜찮은 일자리를 볼 때마다 '시험에 떨어져도 어찌어찌 먹고살 수 있겠다'라는 안도감이 생겼기 때문이다.

그날도 비슷한 패턴이었다. 깨알 같은 글자들과 씨름하고 뿌듯한 마음으로 점심을 맛있게 먹었다. 남는 시간에 습관처럼 휴대폰을 켜 구직공고 사이트에 들어갔다. 기간제, 아르바이트…… 쭉 훑다 보니 기간제 근로자도, 아르바이트도 아닌 임기제 공무원이라는 이름의 공고가 눈에 띄었다.

임기제 공무원?

공무원은 시험 봐서 들어가는 줄만 알았던 나는 생소한 단어에 계약직을 의미하는 건가 싶어 꾹 눌러보았다. 상주 바로 옆에 위치한 의성 군청에서 공무원을 뽑는 공고였다. 말 그대로 임기가 정해진 공무원. 보도자료와 각종 홍보 메시지를 쓰는 업무였는데 연봉이 생각보다 높았다.

'뭐지? 왜 돈을 많이 주지?'

물음표를 백만 개쯤 머리에 달고 차근차근 공고를 읽어보니 7급 공무원이고 최초 계약기간은 2년, 이후 계속 재계약을 할 수 있고 최대 5년까지라고 했다. 인터넷에 찾아보니 일반직 공무원이 할 수 없는 전문 분야를 맡아서 하는 공무원이라고 했다. 그리고 5년이 아니라 사실상 정년이 보장되는 곳이 많다고. 다만 일은 많이 해야 한단다. 일반직 공무원들은 발령 나면 무슨 일이든 해야 하는데, 임기제 공무원은 채용된 분야의 업무만 한다고? 그 순간 귀가 솔깃하고 눈이 번쩍 뜨였다. 뭐야, 그럼 글만 쓰면 되는 거야?

하루 종일 글만 쓰면 월급이 나오는 공무원이라니. 이런 좋은 게 있었다니! 잔뜩 흥분한 나는 작은언니에게 쪼르르 달려가 들뜬 목소리로 원서를 쓰겠노라 말했다. 언제나 그렇듯 언니는 심드렁한 표정으로 너 하고 싶은 대로 하라고 대답하고는 다시 웹툰으로 눈을 돌렸다.

떨리는 마음으로 원서를 쓰기 시작했다. 다른 지자체의 사례를 찾아 정성스럽게 분석하고, 내가 일해온 성과도 그럴듯하게 정리했다. 그쪽에서 원하는 건 뭘까, 어떤 사람을 찾는 걸까 고민하며 한 장 한 장 심혈을 기울여 썼다. 그도 모자라 취업을 도와주는 기관에 문을 두드려 원서를 첨삭받으며 완성도를 높이기로 했다. 큰 회사에서 오래 일하고 퇴직했다는 남자는 내 원서를 꼼꼼히 읽더니 금세 책상에 내려놓았다.

"이 지역에 이 정도 수준으로 작성하는 사람은 흔하지 않습니다. 제가 면접관이라면 당연히 여름 씨를 뽑을 거예요."

튀어나오는 칭찬과 달리 그의 표정은 어두웠다.

"내정자가 없을 경우에만요. 시골뿐만 아니라 전국 어디나 한두 명 뽑는 자리에는 임자가 있을 가능성이 높아요. 그러니 잘 안돼도 실망하지 말아요."

떨어져도 어쩔 수 없다는, 반쯤은 포기한 마음으로 원서를 접수했다. 정성을 다해 쓴 원서는 다행히 서류 전형을 통과했다. 오랜만에 보는 면접이라 옷도 제대로 준비하지 못했지만 최대한 깔끔하게 입고 의성 군청으로 향했다. 가는 동안 너른 평야가 눈에 띄었다. 시내는 상주보다 훨씬 작은 규모였지만, 갖출 건 다 갖춘 소도시였다.

대기장에서 다른 면접자들을 살펴보니 나보다 어려 보이는 사람은 어려서 가산점을 받을 것 같고, 나이가 많아 보이는 사람은 경력이 많아서 가산점을 받을 것 같았다. 원서 쓸 때는 자신이 있었는데……. 충분히 떨어질 수도 있는 일이었다. 나는 준비해온 예상 질문에 시선을 둔 채 차례를 기다렸다.

면접은 어렵지 않았지만 그렇다고 쉽지도 않았다. 잔뜩 긴장한 채 면접장에 들어가니 면접관들이 일렬로 앉아 있었고, 자리에 앉자 최근 이슈가 되는 문제들을 하나둘씩 물어보았다. 공부한 것만 대답하고, 모르는 건 솔직하게 모른다고 말했다. 지역의 큰 이슈는 잘 몰랐지만 귀농인구에 대해서는 미리 공부를 해간 덕분에 정확한 수치까지 말할 수 있었다. 잘 봤다, 못 봤다 판단하기 힘든 면접 자리. 차분한 공기가 면접장에 낮게 깔렸다.

실기시험도 함께 진행됐다. 미리 준비된 노트북과 문제가 프린트된 종이를 갖고 제한시간 내에 보도자료를 작성했다. 주제는 '도시청년시골파견제'라는, 경상북도가 시행하는 청년인구 유치 사업이었다. 평소 관심이 있었고, 면접을 위해 공부했던 주제였다. 촉박한 시간 내에 모르는 자료를 분석하고 이해하기 위해서는 많은 노력이 필요하지만, 이미 충분한 배경지식이 있다면 일은 쉬워진다. 문제에 줄을 그으며 참으로 오랜만에 시험 특유의 빳빳한 긴장감을 느꼈다. 욕심 부리지도, 떨지도 않고 차분하게 그동안 연습한 대로 천천히 보도자료를 써 내려갔다.

　모든 일정을 마치고 가도 된다는 답변을 받고 나서야 짐을 챙겨 밖으로 나왔다. 어찌나 긴장했는지, 군청을 나서고 나서야 인사 담당자가 건넨 커피를 마시지 않은 채 그냥 두고 왔다는 걸 깨달았다. 시험을 잘 봤냐는 언니의 물음에 잔뜩 허세를 부리며 차 창문을 내렸다. 시원한 바람이 푸르른 들판의 풍경과 함께 차 안으로 들어왔다. 어쩐지 지금까지와는 다른 인생이 열릴 수도 있다는 기대감과 떨어지면 그 좌절을 어떻게 감당할까 하는 걱정이 함께 밀려왔다. 그럼에도 한 가지 확신할 수 있는 건 이 면접을 위해 최선을 다했다는 것, 적어도 오늘의 내가 먼 훗날의 나에게 당당히 할 말이 있다는 것이었다.

　그렇게 2주 정도가 지나, 나는 합격통보를 받았다.

2부

빌딩 숲에서 진짜 숲으로

떠난 직장인

: 대도시 생활을 포기해도 잘 지낼 수 있다는 새로운 가능성의 세계

내 생애
가장 작은 도시에 왔습니다

의성은 아주 작은 도시. 서울보다 땅이 훨씬 넓지만 인구는 동대문구의 7분의 1 수준에, 커다란 자연 속 건물들이 올망졸망 서 있는 곳. 내 고향 상주와 맞닿아 있지만 한 번도 와본 적 없는 곳. 인구 소멸 가능성 1위라는 뉴스가 가끔 들리는 곳. 마트에서 우연히 집어 든 햄에 '의성 마늘'이라 표시되어 있으면 어쩐지 더 신뢰가 가는, 딱 그 정도의 인지도.

집을 구해서 이사하는 과정은 이전과 별반 다르지 않았다. 부동산에서 적당한 가격의 방을 보고 계약서에 사인했다. 햇볕이 잘 들지 않는다는 단점이 있었지만 오랜 시간 반지하에서 살아본 나로서는 꽤 괜찮은 컨디션이었다.

이사를 자주 하는 사람은 짐도 단출하다. 가족들과 함께 짐을 옮기고 차근차근 정리하니 원룸이 단정하게 꾸려졌다. 보증금 100만 원에 월세 35만 원. 서울과 결코 비교할 수 없는 저렴한 집세.

창밖으로 매미 소리가 자지러지게 들려왔다. 자, 그럼 이제 시내 구경을 하러 가볼까. 물론 시내라고 해도 작은 읍내여서 30분 안에 어디든 갈 수 있고 1시간이면 읍내 외곽까지 돌아볼 수 있다. 얇은 반소매, 반바지 차림에 슬리퍼를 신고 천천히 길을 나섰다. 걸어보니 10분 거리에 도서관, 법원, 군청, 경찰서, 우체국, 학교가 있다. 가장 마음에 드는 건 도서관. 지은 지 얼마 되지 않아 깔끔하고 서가에 가지런히 꽂힌 책들 역시 상태가 좋았다. 신간은 예약할 필요 없이 바로 빌릴 수 있다. 대도시에 비해 인구가 적은 탓이다.

인구 5만의 작은 도시는 볕이 잘 들었다. 아파트보다 단독주택이 많은 읍내 곳곳에 장미나 봉선화 등 색색의 꽃들이 소복이 심긴 마당은 지나가는 사람의 시선을 사로잡았다. 주택가를 지나 번화가라기에는 조금 소박한, 군청 앞 거리도 돌아보았다. 여름은 햇마늘을 수확하는 철. 식당마다 주인이고 종업원이고 마늘을 한가득 쌓아두고 손질에 한창이었다. 간간이 보이는 유명 빵집과 카페 프랜차이즈까지 가게 하나하나를 눈에 담으며 마을과 조금씩 친해진다.

나의 30대 중후반을 보낼 작고 특별한 도시. 혼자 맞이하는 새로운 생활에 걱정과 기대가 동시에 몰려들었다. 지나가는 사람들을 가만히 살펴보고 그들이 나누는 대화에 귀를 기울이기도 하면서 이곳만의 분위기를 가늠해봤다.

상주와 비슷해 보이는 시골이라도 태도와 말투, 문화, 자연, 풍경이 복합적으로 작용해 다른 매력을 만들어낸다. 나는 여행기를 쓰는 방랑자처럼 멀찌감치 떨어져 사람을, 가게를, 풍경을 구경했다. 상주 사투리와는 다른, 낯선 말씨가 귀를 간질인다. 저 억양도 곧 익숙해져 나도 자연스럽게 구사하는 날이 금방 올 것이다.

고즈넉한 시내를 느릿느릿 돌다 보니 어느덧 해가 서산으로 지고 있었다. 집으로 가는 익숙지 않은 길을 더듬더듬 기억해 돌아가던 길에 '의성 마늘닭'이라는 간판을 발견했다. 의성은 치킨에도 마늘을 넣는구나. 신기한 마음에 가게 안으로 들어가 마늘 닭강정을 시켰다. 깔끔하게 포장된 닭강정을 받아 들자 나도 모르게 가슴이 뛰었다. 여기 와서도 결국은 치킨이라니 와하하 웃음이 터져 나왔다. 하지만 의성 마늘닭이라는데 그냥 지나칠 수는 없지. 마트에서도 같은 값이면 의성 마늘햄을 사듯, 마늘이 들어간 닭강정이라면 고민하지 않고 먹어봐야 하는 게 한국인의 DNA 아닌가. 금방 튀겼다는 걸 증명하듯 포장지 바깥으로 따뜻한 열기가 올라왔다. 발걸음을 재촉하다 문득 멈춰 서서 하늘을 올려다봤다.

서서히 어두워지는 하늘에 하얀 달이 고개를 내밀고 있었다. 주변 불빛이 휘황찬란하지 않아 별들도 잘 보였다.

낮이나 밤이나 늘 고요하고, 아는 사람 하나 없는 낯선 시골. 지금까지와는 확실히 다른 일상이 저만치서 나를 기다리고 있는 것만 같다.

집을 향해 한 걸음 내딛는다. 닭강정 때문인지 밤하늘 분위기 때문인지 알 수 없는 설레는 마음을 안고.

시골 직장인으로
살아가기

"이게 맞아?"

모니터에 뜬 첫 월급 명세서를 한참 들여다보았다. 평생 한 번도 받아본 적 없는 액수가 찍혀 있었다. 채용 공고에 연봉이 비교적 높게 책정되어 있었기에 많이 줄 거라 생각했지만, 각종 수당까지 합해 직전 회사 월급의 두 배쯤 되는 돈이 들어올 줄은 예상하지 못했다. 물론 이전 회사의 월급이 적은 탓도 있다. 전 직장을 다닐 때는 월세와 공과금, 통

신비를 고정적으로 내고, 생활비를 아끼고 아껴서 한 달에 100만 원 가까이 저축했다. 하지만 이 돈이면 한 달에 250만 원은 충분히 저축할 수 있다. 나라는 사람은 변한 게 없는데 수입이 이렇게 달라진다는 게 신기했다. 대기업이나 연봉 높은 공기업에 입사해야 안정적인 수입이 보장되는 줄 알았는데 이런 길도 있었다니…… 이제껏 몰랐던 게 아쉽게 느껴질 정도였다.

시골에서 직장인으로 산다는 건 미지의 영역이었다. 부서를 배치받고 업무를 익히고 나서야 직장생활은 어디서든 비슷하다는 걸 깨달았다. 다른 점이라 하면 농사 이야기에 공감해줄 사람이 많다는 것, 서울말 대신 사투리를 쓴다는 것, 각자 본가 농사일을 돕다 보니 대부분 햇볕에 피부가 많이 그을려 있다는 것 정도다.

공무원은 처음이었지만 이전 직장이 공공기관이었던 덕에 업무 프로세스는 크게 다르지 않았다. 도시에 비해 직장 수가 적은 건 맞지만 젊은 사람 수는 더 적다 보니 경쟁률이 터무니없이 낮았다. 이전 직장에 입사할 때 경쟁률이 148:1 이었다면 여기는 6:1이었다. 신입과 경력직의 차이를 감안

하더라도 큰 격차다. 말 그대로 블루오션인 것이다.

이곳에 원서를 쓰기 전까지 임기제 공무원에 대해 몰랐다. 중앙부처, 지자체 할 것 없이 변호사, 홍보, 학예, 기록관리, 번역, 건축 등 생각보다 많은 분야에서 임기제 공무원을 채용하고 있었다.

최초 2년 계약, 최대 5년까지 연장 가능하다고 명시되어 있지만 규모가 작은 지자체에서는 큰 사고를 치지 않는 이상 정년까지 일하는 경우가 대부분이라고 했다. 단, 5년마다 면접을 봐야 한다. 내 생각에는 시골이다 보니 지원하는 사람이 적을뿐더러, 온다고 해도 이미 해당 업무에 최적화된 기존 인력을 뛰어넘을 만한 인재가 거의 없기 때문인 것 같다(대도시나 광역 지자체는 인력 수급이 쉬운 탓에 간혹 재계약을 하지 않는 경우가 있다).

이런 정보가 널리 알려지지 않은 탓에 구직자들은 '계약직'이라는 조건만 보고 쉽게 포기하고, 결과적으로는 좋은 일자리가 의도치 않게 꽁꽁 숨어 있다.

돈을 많이 준다고 업무 강도가 유별나게 센 것도 아니다. 다시 직장을 얻을 줄 몰랐던 나는 열의에 가득 차 야근과 주말 출근을 자처했지만, 대개 다른 직장과 마찬가지로 바쁠

때만 바쁜 편이다.

조직 내부적으로는 '전문직'으로 분류되어 그 권위를 상당히 인정해주는 분위기라, 이직을 준비하는 지인에게 임기제 공무원을 적극 추천했다.

임기제 공무원뿐만이 아니다. 시골에는 생각보다 일자리가 많다. 절대적인 일자리 수는 대도시에 비해 적을 수밖에 없지만 공공기관이나 지자체를 비롯한 공공 일자리의 공고가 꾸준히 올라온다.

대기업 사업장이 들어선 곳도 많은데, 지역에서 출퇴근 가능한 사람을 뽑기 때문에 이 역시 좋은 기회다. 젊은 사람이 적다 보니 의외로 도시보다 취업하는 게 어렵지 않다. 나처럼 경력이 있는 사람만의 이야기가 아니다. 특히 20대에게는 이런저런 정부 지원금이 제공되므로 여러 혜택을 받을 수 있는 좋은 기회들을 잘 찾아보고 놓치지 않길 바란다.

의성에서 알게 된 20대 초반의 한 친구는 정부 지원금 덕에 첫 직장에서 꽤 많은 월급을 받았다고 했다(정규직으로 근무했던 나의 전 직장 월급보다 많았다). 그 후 여기저기서 같이 일해보자는 제안들을 받았다는 그의 말을 듣고 놀랐다. 가능성이라는 게 우리 주변에 이렇게나 많은 것이었다.

한편 언젠가 크게 부끄러웠던 적이 있었는데 아주 잠깐 시골에 와서 생활하는 도시 출신 청년과 함께 차를 탔었다. 얼굴이 까무잡잡하게 탄 그는 한 달 동안 아르바이트해서 300만 원을 벌었다고 했다. 당연히 농사일을 도운 줄 알고 "맞아요, 요즘 같은 농번기에 남자들 일당이 세죠"라고 말하면서 맞장구를 쳤다. 시골에서 잠깐 일해서 큰돈을 벌 수 있는 게 농사일 말고는 있을 리가 없으니까. 가만히 듣고 있던 그 친구는 나지막한 목소리로 사무직 아르바이트였다며 말끝을 흐렸다. 순간 미안하다고 사과를 해야 할지, 그냥 웃어 넘겨야 할지 몰라 가만히 있었지만…… 나의 편협함에 얼굴이 빨개져 그만 고개를 들 수가 없었다.

작은 도시에 살 때
주의할 점

직장인으로 의성에 올 때 나는 이 지역에 어떻게 적응해야 할지 크게 걱정하지 않았다. 시골에서 자라서? 아니다. 고향과 가까운 도시여서? 아니다. 내가 안심하고 의성으로 올 수 있었던 건 바로 '시내'에 살기 때문이었다.

대도시 생활에 익숙한 사람이 작은 도시로 오게 될 때, 그 마을이 어떤 곳인지 모르는데 덥석 이사하기에 여러모로 부담감이 클 것이다. 시골에서 나고 자란 나조차도 두려운 건 매한가지다. 그럼 어떻게 해야 할까? 농사를 지을 게 아니라면 시내에 위치한 아파트를 얻는 편이 좋다.

아무리 작은 도시여도 읍내에는 아파트가 있다. 논과 밭에 둘러싸인 시골집에 비해 번화한 읍내에서는 사생활이 보장되는 편이다. 사실상 도시와 다름없는 생활환경인데 물가는 싸다. 게다가 20~30분만 걸어나가면 넓고 푸른 자연이 금세 펼쳐진다.

집에서 멀지 않은 적당한 위치에 작은 텃밭을 마련하는 것도 어렵지 않다. 개인적으로는 프리랜서처럼 사무실로 출근하지 않아도 되는 직업을 갖고 있다면 작은 도시의 시내에서 사는 것만큼 가성비와 가심(心)비 둘 다 충족할 수 있는 선택은 없으리라 본다.

시골집을 가꾸며 사는 게 꿈인 사람도 일단 시내 아파트에 살면서 지역에 천천히 적응한 이후 집을 골라도 늦지 않다.

마을마다 외지인을 받아들이는 분위기가 다르다 보니 인심 좋은 곳을 택해야 만사가 편하다. 관심사가 비슷한 모임에 참여해 사람들 이야기를 들어보고, 마을의 구성원이나 규모 등 유불리를 따져 판단하면 실패할 확률이 줄어든다.

그래도 꼭 영화 「리틀 포레스트」에 나올 법한 시골집에

거주하고 싶다면 무턱대고 '구입'은 하지 않길 권한다. 시골에는 아주 싼 값에 월세를 주는 농가 주택이 널려 있고, 마음만 먹으면 땅을 임대하기도 쉽다. 땅을 임대한다 해도 나무를 심는 등 무리하게 투자하지 말고, 밭농사부터 차근차근 해보거나 기존의 나무들을 조금씩 관리하는 정도로 해나가는 걸 추천한다.

농사가 고도의 기술력과 노력이 필요한 사업임에도 만만하게 보고 큰돈을 투자하는 사람들이 적지 않은데, 설령 정부 지원을 받았다고 해도 자신이 부담한 돈을 잃을 수 있다는 점을 명확히 인지해야 한다. 베테랑 농부들도 날씨에 따라 크게 실패하는 게 농사다. 곶감 주산지에서 자란 나는 곶감이 큰돈이 된다고 도시에서 돈을 싸들고 왔다가 실패하고 돌아가는 사람들의 이야기를 어릴 때부터 꾸준히 들었다.

그렇다면 작은 도시의 시내에 있는 아파트는 어떻게 구해야 할까? 부동산 어플로 방 상태 등 상세한 정보를 얻기는 어렵지만, 지역마다 부동산협회나 '교차로' 같은 웹사이트가 있어 전세, 월세, 매매 등 대략적인 시세를 확인할 수 있다.

또 하나 추천하고 싶은 방법은 공공임대주택인데, 화순군처럼 1만 원 아파트를 내세운 게 아닌 이상 작은 도시의 공공임대주택 경쟁률은 매우 낮은 편이다. 나 역시 청약을 넣기 위해 여러 방면으로 알아봤지만 안타깝게도(?) 1인 가구의 연봉 기준을 넘어 포기했다. 청약에 성공해 공공임대주택에 사는 동료들의 이야기를 들어보면 만족도가 높다고 한다.

복작복작한 시골 장에서 장을 보고, 근처 텃밭에서 채소를 따와 깔끔하게 정돈된 아파트에서 요리하는 일상. 어쩌면 이것이야말로 가진 것 없는 젊은 세대가 가장 현실적으로 손에 쥘 수 있는 편안하고 여유로운 삶이 아닐까?

다 먹고 나서 짧게나마 주어지는 낮잠 시간은 덤.

에어컨이 필요 없네.

배부르니까 잠이 솔솔 온다.

인생의 난이도가
낮아지는 기분

'집을…… 살까?'

이제 막 더워지기 시작한 초여름, 살던 집 재계약을 한 달 앞두고 다른 매물을 찾아보느라 선풍기를 튼 채 모니터를 바라보았다. 월세, 매매 구분 없이 매물이 올라온 게시판에서 1억이 조금 안 되는 25평 아파트가 나를 유혹했다. 오래전 포기했던 욕망이 슬금슬금 되살아나기 시작했다. 2층이라 잠시 망설였지만 결국 집을 보러 가기로 했다. 깔끔하게 잘 정돈된, 신축은 아니지만 낡은 것도 아닌, 딱 살기 적당한 아파트. 1억이 안 된다고 해서 하자가 있는 건 아니고, 전체적으로 이 지역 아파트 시세가 낮은 편이었다.

"내가 집을 살 생각을 하다니!"

집에 대한 욕심이 없었던 건 아니다. 나 역시 서울에 사는 10년 동안 이리저리 알아봤다. 구역별로 싸다는 지역을 살살이 뒤지고 대출을 최대치로 계산해봤지만, 그럼에도 내가 살 수 있는 집은 없었다. 반지하나 고시원에서 살던 처지에 집을 사겠다고 덤빈 게 용감했다. 그나마 내 집 마련의 가능성이 있었던 건 한때 잠시 머물렀던 혁신도시에서였다. 서울 한 귀퉁이에 평온하게 있던 회사가 정부 정책에 의해 지방으로 이전했다. 회사의 의지와 관계없이 이전한 것이라 혜택이 많았고, 그중 아파트 분양도 포함됐다. '서울에서 이전한 기관 직원들을 위한 특별 분양'이라 꽤 합리적인 조건이었지만 나의 주머니 사정이 받쳐주지 못했다. 혁신도시 중에서도 규모가 있고 비교적 서울과 접근성이 좋았기 때문에 아파트값이 만만치 않았던 것이다.

그렇게 항상 입맛만 다시고 시도조차 하지 못했던 내 집 마련. 하지만 이 작은 동네의 집값을 보면서 바짝 절약해 3~4년 정도만 모으면 살 수 있겠다는 계산이 섰다. 서울 집값의 10분의 1 정도밖에 안 되는 아파트를 대출 받으면 지금 당장, 대출을 안 받으면 5년 이내로 살 수 있다니. 갑자기 인생의 난이도가 확 낮아진 기분이다. 집이란 내가 아무리 노력해도 살 수 없는 것이라고 생각했는데…… 시골로 가면 숨통이 트일 것 같다는 예상이 오차 없이 맞아 떨어졌다.

하지만 이번에도 사지 않았다. 의성은 월세가 싸니 상주에 있는 아파트를 사는 게 더 낫다는 언니의 말에 설득당했기 때문이다. 그러는 사이 매물은 나갔고 이사해야 하는 날짜가 다가오면서 15평 남짓한 아파트에 월세로 들어가기로 결정했다. 보증금 300만 원에 월세 30만 원. 볕이 잘 들지 않는 지금 원룸에 비하면 훨씬 좋다. 어차피 의성 아파트값은 천천히 오르기 때문에 조급해할 필요가 없었다(그렇다고 값이 떨어지지도 않는다). 아파트를 진짜 살 수 있다는 가능성에 마음이 계속 울렁였다. 이렇게 빨리 안정된 삶으로 들어설 줄이야. 당황스럽기도 하고 설레기도 했지만 무엇보다 이걸 맛본 이상 인생 난이도 Lv.99의 서울로 돌아가기는 어려울 것 같다.

재능, 건강, 물려받은 재산 등 사람마다 주어진 자원이 다르기에 살면서 체감하는 각각의 인생 난이도도 다르다. 세상은 어려움을 극복하고 자신의 배경이나 조건 같은 한계는 뛰어넘어야 한다고, 열심히 하면 누구나 다 할 수 있다며 '보통'이라는 이름으로 일률적인 목표치를 제시하곤 한다. 그렇지만 찬찬히 뜯어보면 밤낮없이 일해도 목표에 가 닿을 수 없는 보통들이 대다수다. 지금 우리 앞에 놓인 그 보통들이 너무나 거대하고 아득해서, 감히 꿈꾸지 못한 채 포기하는 사람들에게 알려주고 싶다. 우리에게 다른 선택지도 있다는 사실을. 보통이라는 버거운 목표를 버려도 내게 맞는 다른 길을 찾아갈 수 있다는 사실을.

세상 어딘가에 당신 삶의 태도와 생활방식이 잘 맞는, 볕이 넉넉히 들어오는 작은 아파트가 당신을 기다리고 있을지도 모를 일이다. 무거운 대출이 필요 없는 나만의 집을 위해 지금보다 더 다양한 스스로의 모습에 마음을 열어두기만 하면 된다.

간소한
생활

반소매에 반바지를 입고 거실에 가만히 누워 빗소리를
듣는다. 쏴아 쏟아지는 장마철 빗소리는 들어도 들어도 좋
다. 여름의 기운을 듬뿍 담은 울창하고 푸른 나무들 위로 굵
은 비가 쏟아지는 걸 보면 온 마음이 시원해진다. 초여름에
이사한 나는 이사하자마자 이런 호사를 누린다.

원룸에서 15평 남짓한 작은 아파트로 옮기며 그동안 하
고 싶었던 일을 마음껏 해봤다. 오래된 아파트라 그런지 집

주인 허락을 받는 일은 생각보다 쉬웠다. 회사 근처 페인트 가게에서 사온 남색 수성페인트를 벽지 위에 칠했고 그 위에 하얀색으로 그림을 그렸다. 어설펐지만 어설픈 나름대로 좋았다. 내가 사는 공간의 벽을 마음대로 꾸미고 싶다는 해묵은 욕망이 해소되는 순간이었다. 어설픈 벽화 반대편에 넓은 책상을 들였고 의자도 하나 샀다. 지인에게 이케아 서랍과 트롤리도 싼값에 넘겨받았다. 그게 다였다. 원룸에서 이사 올 때 챙겨온 짐이 많지 않았던 덕에 새 아파트는 의도와 관계없이 깔끔하고 소박한 집이 되었다.

오래전부터 이런 집에 살고 싶었다. 새로 지은 반짝반짝한 건물이 아니라 적당한 세월과 손때가 묻은 집. 창을 열면 푸릇푸릇한 나무가 사람을 반기고 새와 바람 소리가 들리는 곳. 그 속에 가구와 물건이 딱 필요한 만큼만 있는, 나만의 간소한 삶이 채워지길 바랐다. 마음도 덩달아 여유로워지는 집. 그 생각이 틀리지 않았는지 오늘처럼 비가 내리는 날에는 빗소리를, 해가 뜬 맑은 날에는 따사로운 햇볕과 어우러진 새소리를 들으며 스트레스를 풀었다.

우리 동네는 번잡함과 거리가 멀고 30분만 걸으면 어디든 도착할 수 있다는 장점이 있다. 밥집을 고를 때도 선택지가 많지 않아 고민할 필요가 없다. 인구 규모가 크지 않은 이 동네에서 오래 장사하려면 어느 정도 맛과 수준을 유지해야 하고, 프랜차이즈도 맛없으면 사람들 사이에 소문이 나 금방 문을 닫는 판이니 리뷰 조작 같은 건 꿈도 꾸지 못한다. 한식, 중식, 양식, 해산물 중에 메뉴를 정하면 오늘 가고 싶은 밥집은 세 손가락 안에 추려진다. 맛없어서 실패했던 적은 없다. 나는 장 보는 곳도 한 곳으로 정했다. 읍내에 있는 농협 하나로마트를 가장 좋아하는데 로컬푸드 코너의 신선 농산물 가격을 꿰고 있고 회덮밥 같은 즉석식품은 몇 시부터 할인하는지 훤히 안다. 대도시에 비해 물가가 싼 편이어서 만족스럽다. 매장에 비치된 물품이 적으니 소비 욕구도 일지 않는다. 사려던 것만 사서 돌아오는 경우가 대부분이다.

예전의 나는 가난한 살림에 조금이라도 합리적으로 소비하려고 바득바득 가성비를 따졌다. 최대치의 가성비가 아니라면 큰일 날 것처럼 행동했다. 이제 와 돌이켜보니 싸고 좋은 선택을 하기 위해 들인 시간이 더 큰 비용일 때가 많았다. 이렇게 강제로 선택지가 줄어든 경험을 해보니 큰일은 일어나지 않았다. 조금은 허무했다. 지금껏 고군분투했던 시간을 후회하진 않지만, 필요 없는 물건을 사거나 관심 없는 것에 시간을 쓰느라 에너지를 빼앗긴 건 확실했다. 소비욕구와 가성비라는 도파민이 빠져나간 자리가 헛헛하면서도 후련하다.

거세지는 빗소리를 들으며 얇은 이불을 다시 덮는다. 여름 장마는 지상에서 만나는 존재들과 후드득 부딪히며 세상의 모든 소음을 덮어버릴 듯한 소리를 낸다. 내 안의 시끄러운 목소리도 굵은 장맛비에 묻힌다. 빗소리와 적당한 온기를 유지해주는 얇은 이불. 이 순간 나는 진심으로 아무도 부럽지 않다.

※참고: 농촌에서는 공무원들이 부서별로 돌아가며 일손을 보탠다.

어릴 때부터 농사일에 익숙해 직원 중에
경운기를 몰 줄 아는 사람도 있다는 놀라운 사실!

응원하는
마음

'잘될까?'

"의성군! 청년이 모여든다!"라고 호기롭게 보도자료 제목
을 뽑았다가 백스페이스키를 눌러 화면을 비웠다. 청년정책
부서에서 준 자료가 예상보다 많았는데 주거, 복지, 문화 등
의 인프라를 구축했다는 내용보다 창업지원 부분이 눈에 들
어왔다. 통 큰 지원과 기대 이상의 성과에 놀라는 한편 이게
과연 지속 가능할까 하는 비관적인 마음이 틈을 비집고 들
어온다. 의자를 뒤로 젖히고 깍지 낀 두 손을 목덜미에 갖다

댔다.

　'청년이라…… 좋지. 고령화로 인구 소멸 1위라고 소문난 지역에서 청년을 끌어들이는 사업은 언론에 홍보하기도 좋고 군민의 호응을 얻기에도 좋지. 하지만 지속할 수 있을까? 지원이 끊겨도 경쟁력이 있을까?'

　청년창업 지원사업이 성공하든 말든 보도자료는 적당히 깔끔하게 마무리하면 그만이건만 이렇게까지 감정을 이입하는 건 나도 한때 창업을 꿈꿨기 때문이다.

　산골에서 책방을 낸 사람, 구옥을 개조해 카페를 차린 사람, 지역 농산물을 이용해 음식점을 하는 사람 등 특별한 창업 사례를 볼 때마다 폴더를 따로 만들어 저장했다. 좋아하는 곳에서 좋아하는 것으로 가게를 꾸리는 일은 얼마나 멋진가. 짝사랑하듯 조심스레 의성에서 창업한 가게들의 SNS를 찾아 구독 버튼을 눌렀다. 대부분 나보다 두세 살 정도 어린, 대도시에서 온 사람들이었다. 젊은 감각을 쏟아부어서인지 서울에서도 충분히 팔릴 만한 반짝이는 아이디어들이 많았고 수제 맥주, 수제 막걸리, 비건 빵, 쌀로 만든 빵 등 흥미로운 창업 아이템도 많았다. 이 재능 넘치는 청년들은 디자인 뿐 아니라 마케팅도 잘해서 지켜보는 것만으로 기분이 좋았다.

'잘될까?'라는 의심은 사실 '잘됐으면 좋겠다'라는 응원의 마음에 가깝다. 내가 언젠가 창업을 하게 된다면 성공 사례를 보고 자신감을 얻을 테니까.

다행히도 내가 응원한 가게들은 열자마자 손님들로 문전성시를 이뤘다. 의성 상권의 주 고객 중 하나인 공무원(시골의 지자체는 공무원이 주요 고객인 경우가 많다)들이 앞다투어 다녀와 입소문을 내기 바빴다. 지역 방송사와 신문사의 관심도 한몸에 받았다. 의성에 젊은 사람이 워낙 없다 보니 각종 축제나 정부 주도의 행사, 평생교육 강좌에서도 이들의 존재가 절실했다. 소심한 나의 걱정은 오래 지나지 않아 부러움으로, 부러움은 다시 단골 음식점을 향한 팬심으로 변했다.

청년정착 사업으로 문을 연 가게 대부분을 좋아하지만 그중 가장 좋아한 곳은 수제 막걸릿집이다. 겉으로 봐서는 도무지 막걸릿집이라고 상상할 수 없을 정도로 감각적인 가게로, 외부는 'Modumak(모두막)'이라는 청록색 네온사인 간판이 반짝이고 내부에는 나무 테이블과 의자가 놓여 있다. 출입문에 수제 막걸리 양조장이라 쓰여 있지 않았다면 처음 간 사람들은 한참을 두리번거릴 것이다. 김치전과 해물파전은 그렇다 쳐도, 피자와 크림 떡볶이가 전통주와 어울릴까 싶지만 이 집의 시그니처 막걸리는 특유의 부드럽고 깔끔한 단맛으로 모든 안주와 잘 어울렸다. 막걸리는 진하고 텁텁하다는 선입견을 갖고 있던 나는 모두막의 막걸리를 맛보고 나서야 양조장의 진가를 인정했다. 막걸릿집과 어울리지 않는다고 생각했던 예쁜 인테리어와 그릇, 유리잔 모두 조화를 이루고 있었다. 안주 역시 솜씨 좋은 사람이 가족을 위해 실력을 발휘한 듯한 '집밥' 느낌이라 훨씬 정감이 갔다. 대도시와 비교해 70퍼센트 수준인 가격도 큰 장점이다. 맛, 가격, 서비스 면에서 확실히 경쟁력이 있었다. 의성에 사는 내내 술을 마시고 싶을 때면 꼭 이 집에 갔다.

이 외에도 읍내와 멀리 떨어진 파스타 가게와 수제 만둣집은 기회가 있을 때마다 들렀고 빵집은 일부러 시간을 내 자주 방문했다. 같이 간 동료가 운전해야 하는 탓에 수제 맥줏집에서는 사과주스만 마시고 왔지만, 한쪽 벽을 차지한

푸릇푸릇한 홉과 가게를 예쁘게 밝히던 알전구, 그리고 서비스로 스콘을 내주던 주인의 넉넉한 인심이 인상 깊었다.

무엇보다 이 가게들에 담긴 초심이 좋았다. 젊은 감각이 담긴 인테리어와 플레이팅도 훌륭했지만 그 너머에 깃든 초심은 흉내 낸다고 되는 게 아니었다.

봄을 환영하는 연둣빛 새순처럼, 봄에만 맛볼 수 있는 두릅처럼, 이들의 음식에는 열정으로 빚어진 '힘 있는 노력'이 담겨 있었다.

20년 넘게 장사한 베테랑 음식점에서 느껴지는 감칠맛은 따라가지 못해도 좋은 재료로 정성을 쏟아부은, '진짜 최선을 다해 만들었어요!'라고 쓰여 있는 맛. 그야말로 초심자의 성실이 가득 담긴 맛이었다. 이 마음을 잃지 않고 꾸준히 발전한다면 분명 사람들이 길게 줄 서는 맛집이 될 것 같다.

그로부터 4년이 지난 지금, 그 가게들은 여전히 성업 중이다. 어떤 가게는 전국 방송에 출연했고, 어떤 가게는 전국에 유통할 정도로 사업을 확장했다. 대기업 직원들을 상대로 워크숍을 열었다는 한 가게의 소식을 보며 '성공한 젊은 사장님'을 응원했다.

걱정이 기우였음을 확인해서인지, 내 일도 아니면서 괜히 기분이 좋았다. 천천히, 꾸준히 성장하는 또래들을 보며 나도 모르게 힘을 얻은 모양이다. 내가 해줄 수 있는 건 없지만, 마음 깊이 응원하며 새로 올라온 SNS 게시물에 하트를 꾹 누른다. 사장님들도 나도, 앞으로 계속 잘됐으면 좋겠다.

의외의
블루오션

"그 집 돈 잘 번다 카대."

"전국에서 주문이 들어온다 안 카나."

귀를 쫑긋하고 들으니 우리 집으로 가는 길에 있는 작은 가게 이야기인 듯하다. 깔끔한 인테리어가 돋보이는, 하지만 장사가 잘되는지 알 수 없는 가게. 그런데 돈을 잘 번다고? 그것도 많이? 고개를 갸웃했다. 이 작은 시골 동네에서 장사가 어떻게 잘될 수 있지? 갓 창업한 사람들도 줄줄이 장사가 잘되던데 왜일까? 부러운 한편 의아했다.

마침 '청년마을계획단'이라는 짧은 프로젝트에 발을 담갔던 나는 청년지원 사업에 참여한 몇몇 사장님에게 조심스럽게 접근했다. 대부분 대도시 출신이었기에 여기 온 이유부터 물었는데 의외로 단순했다. 다른 곳보다 나은 지원. 당시 의성은 한 달 살기 프로그램부터 몇천만 원씩 지원하는 사업까지 다양한 청년정책을 추진하고 있었다. 창업은 초반 자금이 많이 들어가 부담스럽고 자기 자신이 온전히 리스크를 감당해야 하는데 의성은 임대료도 저렴하니 실패한다 해도 비교적 손실이 적다는 것이었다. 고개가 끄덕여질 만한 현실적인 대답이었다.

하지만 지원받는 건 기껏해야 한두 번. 장기적으로 보면 많은 수익을 보장하는 건 많은 손님일 텐데 여긴 인구가 적고⋯⋯ 대체 어떻게 장사가 잘된다는 거지? 청년마을계획단 프로젝트를 계기로 안면을 튼 빵집 사장님에게 조심스레 매출에 대해 물어봤다. 제빵 분야에서 오래 일한 베테랑이라 업계 사정도 잘 아는 친구였다.

"시골로 오면서 매출 걱정은 안 했어? 수도권이야 사람이 넘치지만, 여기는 손님이 많지 않잖아."

　민감할 수도 있는 질문에 성격 좋은 빵집 사장님은 별거 아니라는 듯 시원하게 대답했다.

"딱히 그렇지도 않아. 손님도 꽤 오고, 무엇보다 객단가[*]가 은근히 괜찮아."
"진짜? 매출도 괜찮아?"
"응. 이제 시작 단계지만 나쁘지 않아. 그리고 의성 사람만 오는 게 아니라 가까운 다른 도시에서도 찾아와."

　매출이 괜찮다는 말이 믿기지 않아 다시 한 번 물었다. 돌아오는 대답은 똑같았다. 그러니까 왜? 서울에서 아르바이트했던 경험을 떠올렸다. 내가 일하던 샌드위치 가게는 번화가에 있었지만 하루 매출 40만 원도 올리기 쉽지 않았다. 그게 창업의 현실이었다. 그런데 어째서 이 작은 동네에 있는 작은 가게가 좋은 성과를 낼 수 있었을까? 다들 열정적이고 가게 콘셉트도 괜찮고 제품도 훌륭하다. 하지만 그것만으로는 납득하기 어려운데, 다른 뭔가가 있을까? 그러다 설명 가능한 한 가지 가설을 세웠다.

'설마, 가게 수가 적어서?'

포털사이트를 열어 빵집을 검색했다. 일단 비교대상으로 내가 서울에서 마지막으로 머물렀던 강서구를 정했다. 등록만 하고 영업을 안 하는 가게를 제외하기 위해 포털에 나온 가게 수를 일일이 셌다. 의성의 인구수와 강서구의 인구수를 적은 다음, 의성의 가게 수와 강서구의 가게 수로 각각 나누었다. 놀랍게도 의성의 가게 하나당 인구수가 강서구의 가게 하나당 인구수보다 세 배쯤 많았다(지금은 의성에 빵집이 더 생겨서 세 배까진 안 된다). 전문가가 아니라 이 수치가 정확하다 할 수 없지만 가게 수가 적은 탓에 그만큼 경쟁력이 올라갔다고 추측해볼 수 있는 결과였다.

말하자면 블루오션인 셈이다. 게다가 이곳은 젊은 사람이 워낙 적어 가게를 내면 지역 언론에 노출되기 쉽고, 좋은 재료로 콘셉트를 잘 잡으면 프리미엄 이미지도 금방 가질 수 있다. 눈에 잘 띄니 손님들이 더 많이 방문할 수밖에 없는 구조다.

내가 도출한 결론이 맞는지 증명하고자 고향 상주의 카페

수와 강서구의 카페 수를 비교해봤다. 상주에 살 때 늘 "돈 많은 사람이 카페를 한다. 상주에서 카페 하면 망하기 딱 좋다"라는 말을 들었는데 그게 맞다면 상주나 서울이나 인구에 비례한 카페 수의 차이가 크게 없어야 했다. 놀랍게도 당시 상주와 강서구는 한 가게당 인구수가 비슷했다. 왜 상주에서 그런 이야기를 자주 들었는지 이제야 무릎을 탁 치며 알게 되었다.

빵집 사장님을 만나 말해주었더니 그 역시 크게 놀랐다. 인프라가 없는 게 오히려 매출로 연결됐다는 점에 충격을 받은 듯했다. 성공하기 위해 서울로 가는 건데, 오히려 의성에 성공의 기반이 있었다며 우리는 마주 보고 웃었다. 나나 그 사장님이나 정확한 데이터를 찾아 분석하기보다는 남들이 하는 말, 남들의 의견에 대충 휘둘려 살았기에 더 놀란 거겠지. 겹겹이 쌓인 편견이 깨지는 매일매일이다.

지방에는 의외의 블루오션이 곳곳에 숨어 있다. 더 좋은 기회가 땅속에 묻힌 보석처럼 주인을 기다리고 있을지 모를 일이다. 아, 창업의 꿈이 점점 더 커진다.

---

* 손님이 한번에 구입하는 값의 평균.

청춘구
행복동

사람을 위로하는 데는 '당신과 같은 사람이 세상에 많다'라는 걸 알려주는 방법이 효과적이라고 한다. 내가 느끼는 고통이 특별하지 않다는 걸 아는 순간 고통의 무게가 한결 가벼워진다고. 누군가 내 이야기를 들어주기만 해도 마음이 나아지는데, 나와 같은 사람들이 서로에게 위로가 될 수 있다면 얼마나 큰 힘이 될까?

고향으로 돌아가자고 처음 다짐했을 때 주변에 비슷한 고민을 하는 사람이 없었다. 내가 조금 유별나다는 생각에

'혹시 나만 적응을 못 하고 낙오하는 게 아닐까' 하는 불안 감이 고개를 들었다. 다행히 예상보다 빠르게 자리 잡으며 마음 한구석에 불안을 묻어둘 수 있었지만 나만 이런 게 아니라는 걸 이따금 확인받고 싶었다. 그런 의미에서 「청춘구 행복동」은 나와 아무 관계도 없지만 내 안의 불안을 다독여준 프로그램이다.

「청춘구 행복동」은 의성군에서 마련한 청년정책 사업이다. 도시 청년들이 시골에 잠시 머무르는 기회를 제공해 지역과 친해지고 정착을 유도한다는 취지로 시작했다. 이 프로그램을 접했을 때 청년창업 지원사업과 마찬가지로 의심 반 호기심 반으로 그들을 바라보았다.

도시 사람들이 왜 먼 시골까지 왔지? 굳이 이곳을 찾은 이들이 궁금해 이런저런 상상을 해봤지만 구체적인 모습이 그려지지 않았다. 특별한 낭만으로 가득 찬, 햇빛처럼 반짝이는 일상을 살고 있을 것 같아 궁금하던 차에 그들의 숙소에 찾아갈 일이 생겨 기쁜 마음으로 상사를 따라나섰다.

기대와 달리 숙소는 좁고 낡았다. 현관을 가득 채운 신발들을 보며 가장 먼저 든 생각은 '왜 이런 고생을 사서 하는가'였다. 바로 옆에 제대로 된 숙소를 짓는 중이라 해도, 나라면 이런 환경에서 프로그램을 진행하는 데 불만을 제기했을 것이다. 하지만 그들은 숙소가 무척 소중하다는 듯 이리저리 꾸며놓고 자기들만의 규칙도 붙여놓았다. 복닥거리며 살아가는 게 좋은지 표정이 시종일관 밝았다. 모두 번쩍번쩍한 도시에서 살다 온 사람들인데 좁고 불편한 숙소가, 가게 하나 찾기 힘든 시골이 좋단다. 심지어 지원자가 많아 「청춘구 행복동」 2기 경쟁률은 7:1이나 되었다고.

집으로 돌아가는 길에 너른 안계평야를 바라보며 차창에 턱을 괴고 생각에 잠겼다. 신기하다. 나처럼 시골에서 태어난 것도 아닌데 왜 이곳에 오고 싶었을까. 6주라는 시간은 결코 짧지 않아서 스펙을 쌓기에 바쁜 청년들한테는 부담일 수 있을 텐데…… 어쩌면 대외활동 스펙을 위해 온 것인지도 모를 일이다. 생각이 꼬리에 꼬리를 물었고 우연한 기회로 참가자 둘을 만났을 때 그제야 그들이 진심으로 이곳에 오고 싶었다는 걸 알게 됐다. 그러니까, 왜? 젊은 사람들이 대도시를 놔두고 왜? 모순적이게도 내가 고향으로 돌아가겠다 처음 결심했을 때 다른 이들이 함부로 내게 던졌던 질문을 속으로 똑같이 하고 있었다. 왜 왔냐는 질문이 목구멍까지 차올랐지만 무례하게 굴 수는 없어 도로 삼켰다. 이후 그들의 인터뷰를 발견했다.

베테랑 농부처럼 집중해서 농사일을 하는 모습, 노을이 멋진 안계평야를 배경으로 환하게 웃는 모습, 자전거를 타고 푸르른 나무 앞을 가로지르는 모습 등 시골의 매력이 물씬 풍기는 사진도 함께였다.

"나를 알아가고 싶어요."

"나만의 속도대로, 주체적인 삶을 살고 싶어요."

"자유롭게, 마음 편히 살아보고 싶습니다."

"내가 진짜로 원하는 걸 찾고 싶어요."

"남과 비교하지 않고 살고 싶습니다."

"하늘, 바람, 석양 같은 것들을 즐기면서 하루를 보내고 싶어요."

"빡빡한 빌딩 숲도, 압박받는 것도, 스트레스도 싫어요."

"작은 것에 감사하면서 사는 게 좋아요."

"도망쳤습니다. 숨 쉬고 싶었거든요."

"흔들리지 않는 사람이 되고 싶습니다."

인터뷰를 꼼꼼히 읽으며 그들에게 특별한 사연이나 계기

가 없다는 걸 알았다. 새로운 낭만이나 반짝이는 기대감이 아니라 내게 너무 익숙한 이유들로 그들 역시 이곳에 왔다. 도망쳤다, 비교하고 싶지 않다, 압박받고 싶지 않다 등 너무 많이 언급해 진부하게 느껴질 정도의 이유들 모두 나 역시 무겁게 짊어졌던 것이었다.

내가 생각하는 게 맞는지, 의미 없는 도피는 아닐지, 나만 별나게 구는 게 아닐지 스스로 얼마나 많이 검열해왔나. 정해진 궤도에서 내려오는 순간부터 그 모든 게 실은 변명은 아니었는지, 얼마나 많은 날을 아무도 모르게 자책해왔나. 그런데 나처럼 생각하는 사람이 이렇게 많았다니. 나만 그런 게 아니었다니. 생각지 못한 위로를 받았다. 번듯한 직장을 포기하고 시골을 택했던 그때의 내가 이제야 안도의 한숨을 내쉰다.

인터뷰 속 그들의 말은 결코 쉽게 내뱉은 답변이 아닐 것이다. 아마 스스로 무수히 되돌아보고 수없이 생각한 끝에 내놓은 가장 정제된 문장일 것이다. 그 문장들이 내 마음과 같다는 건 어디서도 얻지 못할 큰 위안이었다.

「청춘구 행복동」은 매년 꾸준히 진행돼 지금까지 수많은 사람들이 거쳐 갔다. 그중에는 의성에 정착한 사람도, 힘을 얻고 새로운 길을 향해 떠난 사람도 있다. 나와 비슷한 고민을 하고, 비슷한 방법으로 해법을 찾고자 했던 그들의 일상이 어디서든 반짝반짝 빛나기를. 그리고 인생의 주인이 되는 방법을 찾았기를, 혹여 나처럼 아직도 찾아가는 중이라면 그 길의 끝에 조금의 후회도 남지 않기를. 나의 존재도 모르는 그들에게 힘내자고, 바라는 인생을 갖자고 말해주고 싶다. 우리는 도망칠 곳을 찾은 게 아니라 스스로를 더 행복하게 해주기 위해 할 수 있는 모든 노력을 해나간 삶의 주인들이니까.

예쁜 것만
있을 리가

한 사람의 장점을 뒤집으면 단점이 되듯이 작은 도시의 장점 뒤에는 대도시에서는 예상치 못한 단점들이 있다.

가장 불편한 점이라면 단연 교통이다. 오래 기다려야 탈 수 있는 버스는 아침 일찍 혹은 저녁 늦게 이용하기 어렵다. 어떤 노선들은 2시간에 한 번씩 버스가 오기 때문에 놓치면 낭패다. 인구 20만 이하의 지자체에서는 자가용이 필수다. 더 솔직히 말하면 서울이나 수도권 이외의 지방에서는 차를 사는 게 낫다. 잘 갖춰진 대중교통 인프라 속에서 살다가 1시간 혹은 2시간에 한 번씩 버스가 오는 곳에서 살면 그 답답함은 이루 말할 수 없다. 대신 차가 있으면 상황은 확 달라진다. 주차 걱정이나 교통체증을 고민할 필요가 전혀 없다. 대구광역시까지 40분, 꽤 규모가 있는 안동시까지 가는 데 30분이면 충분하다.

시골에서의 삶은 차가 있느냐 없느냐에 따라 만족도가 달라지기 때문에 만약 앞으로도 운전할 생각이 없다면 불편함을 단단히 각오해야 한다.

두 번째는 병원. 응급상황이 발생하면 어떻게 해야 할까. 냉정히 따지면 대도시와 드라마틱한 차이는 없다. 예를 들어 의성에서 안동이나 대구의 큰 병원까지 빠르게 달리면 20~30분인데 서울에서도 규모 있는 병원까지 가려면 차 막히는 시간까지 포함해 비슷하게 소요된다. 촌각을 다투는 응급상황에서는 헬기의 도움을 받아 대도시까지 갈 수밖에 없는데 의성 곳곳에는 헬기 착륙장이 있다.

문제는 오히려 일상에서 '양질의 의료서비스를 받을 수 있는가'인데, 이는 지방 사람들 대부분의 고민이다. 서울에서는 인터넷 검색창 가득 빽빽하게 나타나는 병원이 의성에서는 듬성듬성 그나마도 내과나 치과, 정형외과 등 노년층에 인기 있는 과들만 검색된다. 그렇다면 여기 사람들은 이 문제를 어떻게 해결할까? 나처럼 되는대로 동네 병원을 다니거나 아예 안동이나 대구로 병원을 지정해 다닌다. 차가 있는 사람은 쉽게 이동할 수 있으니 별다른 고민 없이 주변의 큰 도시를 선택하는 것 같다. 차가 있든 없든, 대도시에서 살든 소도시에서 살든 국민 누구나 양질의 의료서비스를 받을 수 있도록 정부와 지자체가 나서서 해결해야 할 문제다.

세 번째는 심심하다는 점이다. 즐길 문화도, 놀거리도 대도시에 집중되어 있다 보니 답답함을 호소하는 사람들이 많다. 서울에 살았던 20대 때 나는 방송국에 방청을 가거나 홍대로 놀러 가거나 뮤지컬을 보거나 전시회를 방문하는 등 하고 싶은 모든 걸 할 수 있었다. 하지만 문화 관련 인프라도, 번화한 상가도 부족한 이곳에서는 쉽지 않다.

문화체육관광부가 발표한 「2023년 전국문화기반 시설 총람」에 따르면 박물관, 미술관, 도서관 등 문화기반 시설이 서울은 449개, 의성군은 7개라고 한다. 인구수를 비교하면 당연한 것 같지만, 서울시 면적이 의성군의 절반 정도인 것을 감안하면 피부로 느껴지는 차이는 훨씬 클 수밖에 없다.

문화시설뿐일까? 놀이시설도 없고, 번화한 거리도 없으니 한번쯤 크게 기분을 내려면 규모가 큰 도시로 나가야 한다. 나야 어릴 때부터 시골에서 살아와 이런 불편함이 익숙하지만, 도시에서 나고 자란 사람에게는 애로사항일 수 있다.

이 밖에도 백화점이나 전자제품 서비스센터에 가려면 인근 도시까지 찾아가야 하는 것 등 소소하게 불편한 점이 많다. 택배 서비스가 나날이 발전하고 OTT의 시대가 열리면서 나름대로 빈틈을 채워주고는 있지만, 본질적인 문제가 지방 소멸인 만큼 국가가 나서서 해결해야 한다. 청송군이 전국 최초로 2023년 1월부터 '농어촌 버스 전면 무료 이용'을 시행했고, 지자체마다 대중교통 이용이 불편한 지역을 대상으로 '천원택시'를 운행하는 등 다행히 정부와 지자체는 불편함을 해결하기 위해 적극적인 모습이다. 앞으로 공공의료를 확충하고 청년들의 귀농을 어렵게 하는 텃세를 막으면서 문화 향유에 대한 갈증을 해소하게끔 돕는 효과적이고 현실적인 방안들이 마련된다면 '핫한' 시골 생활도 가능하지 않겠느냐는 희망 섞인 기대를 해본다.

안녕,
의성

"언니, 나 전입 시험 볼 거다."

입사한 지 2년이 지났을 때 영이가 조심스럽게 속삭였다.
전입 시험을 본다는 건 광역지자체로 옮기겠다는 뜻이다.
매년 23개 시군에서 적지 않은 사람들이 광역지자체로 전
입하는데 영이도 올해 도전할 모양이었다.

"언니는 계속 있을 거가?"

"글쎄."

영이의 물음에 작게 한숨을 내쉰다. 의성에 온 지 2년. 업무에 만족하면서도 아니, 만족스러워서 여러 번 이직을 꿈꿨다. 만족스러워 이직을 꿈꾸다니 아이러니하지만 사실이다. 임기제 공무원은 일반 공무원이 하기 어려운 전문적인 업무를 맡는다. 작은 지자체는 한 명이 그 업무를 담당하는 경우가 많다. 나 역시 군청에서 글을 다루는 사람이 나하나뿐이었고 감사하게도 상사들이 내 업무의 중요성을, 실력을 인정해주었다. 마땅히 내가 해야 할 일인데 기사와 인터뷰를 잘 써줘서 고맙다고 딸기며 도넛이며 간식거리를 들고 찾아오는 분들도 있었다. 다음번에도 잘 부탁한다며 인사를 건네기까지 했다. 과분하고, 감사한 친절이다.

일이 많다고 투덜대면서도 나를 필요로 하는 사람들이 이렇게 많다는 것, 내 글을 좋아해주는 이들이 많다는 것이 뿌듯했다. 여러 직장을 거치는 동안 센스 있다는 둥 칭찬을 받아봤지만 이곳에서만큼 존재감을 뽐내며 당당하게 일했던 적은 없었다. 글 써서 먹고 사는 게 소원이었던 나는 업무, 환경 모두 만족스러웠다. 부족한 실력으로 많은 이의 칭찬과 기대를 받은 사람은 어떻게 될까? 자존감이 올라가 더 잘할 수 있을 것 같다는 힘을 얻는다. 글을 더 잘 쓰고 싶다는 욕망이 하루가 다르게 무럭무럭 자란다. 조금 더 노력하면 정말 글을 잘 쓰는 사람이 될 수 있을 것 같다는 희망이 커진다. 그러나 앞서 말했듯 이곳에서 글 쓰는 직무에 배치된 사람은 나 하나였기에 글에 대한 피드백을 주면서 성장할 수 있도록 도와주는 사람은 없었다. 30대 중반에서 후반으로 넘어가는 길목, 의성에서의 생활이 맘에 드는 한편 불안이 새록새록 피어났다. '아직 많이 부족해서 더 배워야 하는데. 혹시 여기서 성장이 멈추면 어쩌지?' 더 큰 회사에 가서 많이 배워야 할 것 같다는 생각이 마음을 비집고 들어왔다.

여기서 얻은 자신감이 이곳을 떠나 큰 도시로 가려는 생각의 기폭제가 되다니. 사람이란 논리로만 설명되지 않는 존재인가 보다. 결국 영이의 질문에 나의 마음이 반응했다.

"이직할까."

직장인이라면 누구나 가슴에 품는 이직이라는 두 글자.

이 평온을 깨려니 자신이 없었다. 회사는 둘째치고 의성이라는 도시를 떠나고 싶지 않았다. 대도시로 가면 인생의 난이도가 급격히 높아져 또다시 허덕이며 살게 될 텐데…… 내가 좋아하는 사람들, 큰돈 없이 안온하게 살 수 있는 일상이 눈에 밟혔다. 게다가 고향과 멀리 떨어진 곳으로 간다면 가족들과 자주 볼 수 없다. 새로운 곳에서 잘 적응한다는 보장도 없다. 이러한 리스크를 굳이 안고 가야 할까? 크고 긴 한숨이 터져 나왔다.

하지만 글을 더 잘 쓰고 싶다는 욕심을 꺾지 못했다. 이곳에서 얻은 자신감 덕에 어쩐지 잘 해낼 수 있을 것 같다는 용기가 생겼다. 채용 사이트에 때마침 내게 딱 맞는 공고가 올라왔다. 회사도 마음에 들고 무엇보다 평소 해보고 싶은 분야였다. 마치 세상이 나 모르게 짠 것 같은, 모든 게 맞아떨어지는 흐름이었다. 딱 한 가지 문제만 빼고.

제주도. 바다를 건너야 하는 제주도. 손톱을 입으로 가져가 까득거리며 한참 고민에 빠졌다.

"이것저것 따지면 아무것도 못 해."

결국 이력서를 써서 간절한 마음을 담아 우편으로 보냈다. 이력서가 제시간 안에 제주도에 무사히 도착하길 바라며 봉투에 주소를 꾹꾹 눌러 썼다. 다행히 면접 보러 오라는 연락을 받아 제주행 비행기에 몸을 실었다. 아직 겨울인데 비행기에서 내려다본 제주는 산과 들이 군데군데 초록으로 덮여 있었다. 두근대는 마음을 부여잡고 게스트하우스로 가 짐을 풀었다. 방과 침대는 따뜻하고 침대가 붙어 있는 창문 근처는 공기가 차가웠다. 생수를 창틀 위에 올려놓으니 냉장고가 필요 없었다. 그 온도 차가 관광객의 마음을 설레게 했다. 일부러 커튼을 걷어 한기를 만끽했다. 창밖으로 꽁꽁 언 길과 드문드문 쌓인 눈이, 미끄러지지 않게 조심조심 걷는 사람들이 보였다. 내 눈에는 그 모습마저 사랑스러웠다.

오랫동안 축적된 피로가 낯선 환경에 조금씩 날아가고 있었다. 면접 때문에 왔지만 이왕 제주에 온 기분을 내고 싶어 동문시장에서 산 딱새우회와 문어회, 광어회를 맛있게 먹었다. 남은 딱새우회는 라면에 뜨끈하게 넣어 먹었는데 몸과 마음 곳곳이 개운해지는 기분이었다.

부른 배를 두드리며 푹신한 침대에 누우니 몸이 나른해졌다. 이곳에서 살 수도 있다 생각하니 기분이 이상했다. 여기 오면 함께했던 사람들은 이제 못 보는 건가? 2년이 훌쩍 넘는 시간 동안 바쁜 일들을 쳐내며 같이 고생한 의성 사람들이 떠올랐다. 사람들은 내가 영원히 의성에 살 것처럼 생각해 나에게 정을 퍼 주었는데 돌이켜보면 의성에 살면서도 자신을 늘 이방인이라고 여겼던 것 같다. 집 앞에 활짝 핀 라일락을 보면서, 아파트 뒤의 단풍들을 보면서, 해 질 녘의 초승달을 보면서도 '언젠간 이곳을 그리워하겠지' 하고 섣부르게 그 순간들을 그리워했다. 어쩌면 나는 처음부터 떠날 준비를 했던 걸지도 모른다. 코끝이 찡해졌다.

제주는 비행기로 1시간 10분밖에 걸리지 않지만 바다를 건너야 하기 때문에 늘 마음의 거리가 먼 곳이다. 만약 제주에서 살게 된다면 육지에 자주 나가지 못할 것이고, 지금보다 많이 외로워지겠지. 하지만 의성에서 그랬듯, 많은 사람을 만나며 내 인생의 빛나는 순간들을 채워줄 다정한 인연이 생길 것이다.

인생은 참 알 수가 없구나. 이런저런 생각을 하다 노곤한 전기장판 위에서 녹아내리듯 잠이 들었다.

다음 날 면접을 보고 짐을 챙겨 다시 공항으로 향하는 길,

보기 좋게 떨어질 것 같다는 예감과 함께 제주행 짧은 여정을 잘 마무리해 보자며 스스로 위로했다. 오랜만에 비행기를 타서 그런지 해외여행이라도 한 것 같아 기분이 나쁘지 않았다. 창밖 하늘은 맑고 아래로 펼쳐진 길들이 굽이굽이 그림 같았다.

고향을 떠난 후 역마살이라도 낀 듯 이 도시 저 도시를 떠돌기를 17년. 어디에 있든 최선을 다하면 된다. 그러면 기회는 생긴다는 걸 안다. 사흘 뒤 합격자 명단에서 내 번호를 확인할 수 있었다. 실력을 키울 수 있다는 야심이 화르르 불타오르는 한편 마음을 준 작은 도시와 너무 빨리 작별 인사를 나누는 것 같아 미안했다.

볕이 잘 드는 15평짜리 아파트와 작은 동네 속 눈길 닿는 곳곳에 인사하며 처음 올 때처럼 단출한 짐을 꾸리고 문 바깥으로, 새로운 세상으로, 다시 한 번 한 걸음 씩씩하게 내디딘다. 안녕, 의성.

3부

우리에게 또 다른

선택지가 있다

: 한곳에 정착하지 않고 여러 도시를 옮겨 다니며
나만의 행복에 도착하는 법

대한민국에서
가장 특별한 도시

"와아, 바다다……."

흰색과 회색 자갈이 깔린 옥상에 서서 하염없이 바다를 바라봤다. 눈앞에 펼쳐진 광경이 믿기지 않는다. 회사에서 바다가 보이다니. 미간을 찡그리고 다시 바라봐도 똑같다. 무수히 많은 건물 뒤로 몽환적인 크림색 바다가 비현실적으로 떠 있다. 바닷가에 살아본 적 없는 나는 어항 속 물고기를 바라보는 고양이처럼, 쉴 때마다 옥상에 올라가 바다를 바라보았다.

반대편 옥상에서는 한라산이 보인다. 섬 한가운데 우뚝 솟은 1월의 한라산은 겨우내 변함없이 새하얀 빛을 유지했다. 아득히 멀고도 높은 설산은 그저 그 자리에 우뚝 선 채 내 마음을 강렬하게 사로잡았다.

한참 동안 낯선 풍경을 바라보다 사무실로 돌아오면 더 낯선 장면이 기다리고 있다. 사람들이 자꾸 알아들을 수 없는 말을 썼다.

"혹시 근처에 해물탕이나 회가 맛있는 곳 정보 좀 알 수 있을까요?"

"무사마씸?"

"네?"

'무사'가 뭘까. 나는 아무 말도 하지 못하고 눈만 껌뻑였다. '마씸'은 또 무슨 말인가. 한참을 생각하다 난감한 표정을 지으면 그제야 상대는 '아차' 하고는 친절하게 설명해 줬다.

"'무사'는 왜 그러냐는 뜻이고 '마씸'은 존대할 때 쓰는 어미예요."

그 후에도 '게메예' '해신디' '경 해불라' 같은 알 수 없는 말들이 이어졌고, 그럴 때마다 공손하게 깍지를 끼고 입은 꼭 다문 채 눈치를 봤다. 그러면 옆에서 누군가 "여름 씨는 육지에서 왔어요"라고 말했고 그제야 고개를 끄덕이며 내가 알아들을 수 있는 말로 풀이해주었다.

제주의 자연 역시 호락호락하지 않았다. 한겨울인데 나무마다 푸른 잎이 가득했다. 봄에 새순이 나고, 여름에 울창하고, 가을에 단풍이 들고, 겨울에 잎이 모조리 떨어지는 육지에서는 상상도 할 수 없는 일이었다. 침엽수라면 모를까, 잎이 넓은 나뭇잎이 겨울까지 붙어 있다니. 충격은 거기서 그치지 않았다. 봄이 되자 이파리가 떨어졌다. 살면서 봄에 낙엽이 지는 건 처음 봤다. 놀라웠다. 육지의 사계가 여기서는 동시에 일어나고 있었다.

풀과 나무는 육지에서 못 보던 종류가 많았고 가는 곳마다 우뚝 솟은 야자나무는 이국적인 향취를 물씬 풍겼다. 나무가 부러질 듯 가득 달리는 귤도, 항상 보이는 돌하르방까지, 낯섦이 나를 집어삼켰다.

새 회사에 임용이 결정되고 다시 큰 도시로 옮기게 되면서 마음을 단단히 먹었다.

인구 5만의 도시에서 50만의 도시(제주시 기준)로, 직급까지 올려 훨씬 규모 있는 회사로 향하는데 어찌 마음가짐이 느슨할 수 있겠는가.

끝없는 스트레스와 압박을 버티며 실력을 바짝 키울 생각이었다. 그런 다부진 각오로 비행기를 탔건만 나를 기다리는 것은 번쩍이는 빌딩 숲도, 철저히 개인화된 조직도 아니었다.

나를 반긴 건 어디서든 바다와 한라산이 보이는, 믿을 수 없을 만큼 아름다운 풍경과 제주 사투리가 절반쯤 섞인, 지방색이 물씬 담긴 조직이었다.

그제야 사람들이 내게 보였던 반응이 떠올랐다. 제주에 사는 게 소원이라고, 자신도 데려가 달라며 짐승처럼 울부짖던 친구, 제주로 간다는 SNS 소식에 수없이 달리던 부럽다는 댓글들, 퇴사한다고 인사하자 하나같이 놀라며 꼭 놀러 가겠다고 말하던 사람들.

'제주가 그래 봤자 한국이지'라고 웃어넘겼는데 막상 살아보니 온몸으로 알게 됐다. 이곳은 내가 겪었던 모든 지역과 너무나 달랐다.

대한민국에서 가장 특별한 도시에 왔다.

유배의
마음

바위 위로 부서지는 포말, 시시때때로 변하는 파도, 깊이를 알 수 없는 푸르디푸른 바다색, 구름이 화려하게 펼쳐져 있는 하늘.

모든 것이 아름답고 여유롭다. 제주에 오고 한동안 바다를 자주 보러 갔다. 육지에서는 몇 시간 내내 차로 달려야 겨우 볼 수 있는 바다가 이곳에서는 15분만 투자하면 볼 수 있다. 빵과 커피를 옆에 두고, 바다를 앞에 둔 채 책을 읽는 여유도 부릴 수 있었다.

드넓게 펼쳐진 망망대해를 볼 때마다 알 수 없는 묘한 기분이 몰려왔다. 분명 뿌리를 뽑아 제주로 왔는데, 육지에 또 다른 내가 있을 것만 같았다. 한 번도 느껴보지 못한 이상한 기분. 아무래도 나는 아주 단단하고 오래된 껍데기를 육지에 두고 온 모양이었다. 그동안 어딜 가든 내 삶의 흔적과 기억을 끌고 다니며 친구나 회사 동료를 포함해 사람들에게 받은 상처를 곱씹을 때가 많았다. 인간관계에서 왜 실패했는지, 그 사람은 나에게 왜 그렇게 말했는지 마음에 담아둘 필요가 없다는 걸 알면서도 딱지가 앉은 상처를 긁듯 일부러 다시 뜯어내 묻어나오는 피를 핥았다. 호기롭게 도전했으나 중간에 쉽게 그만두었던 시험, 남들과 비교되는 스펙에 대한 자책도 버리지 못했다. 그때그때 애써 노력해도 자격지심을 홀홀 털어버리진 못했는데 이번엔 조금 달랐다.

해묵은 감정들이 미처 바다를 건너오지 못했던 걸까. 처음 느껴보는 해방감이 마음을 가득 채웠다. 오랜 껍질을 탈피한 게처럼, 말랑말랑한 새 갑옷을 입은 느낌이었다. 햇볕에 빳빳하게 마른 빨래를 개듯, 육지에서 일어났던 일들을 차곡차곡 정리했다. 상황에 매몰되어 괴로워했던 일, 성공을 위해 비루한 나를 견디던 날들, 감정적인 결정을 후회하며 반성했던 일 등 이제는 객관적으로 바라볼 수 있는 일들을 단정하게 개어 가지런히 수납했다. 내가 살았던 곳에 남아 있을 '나'에게 이제 쉬어도 된다 말해주었다. 내 목소리가 전해졌는지는 알 수 없지만, 적어도 여기에 있는 내 마음은 한결 더 가벼워졌다.

'그렇구나. 사람들은 이런 기분을 느끼러 여행을 가는구나.'

사람들이 여행을 좋아하는 건 일상의 나로부터 분리될 수 있기 때문이다. 그래서 자신이 사는 곳으로부터 멀리, 되도록 문화가 다른 곳으로 기러 한다. 신기한 무언가를 보기 위해서가 아니라, 일상과 다른 환경에 나를 데려다놓고 '나'로부터 쉬는 것이다.

오래전부터 '나'라는 스위치를 내린 채 푹 자고 일어나 새롭게 시작하고 싶었다. 하지만 방법을 몰라 남들처럼 막연하게 여행만 생각했고 시간도, 돈도 없어 '언젠가는'이라는 말만 달고 살았다. 의도치 않게 시작된 제주 살이는 그토록 바라던 '나로부터의 휴식'을 선물해주었다. 회사 일이 바쁘고 힘든 것과는 별개로 그동안 얽매여 있던 자아에서 벗어나 여유롭게 노닐 수 있었다.

　제주로 오겠다고 결심했을 때 이 선택이 '형기(刑期)가 정해지지 않은 유배 생활'이 될까 봐 염려했었다. 가족도 명예도 모두 버린 채 바다를 건너야 했던 옛 선비처럼 쓸쓸하고 고독한 나날을 감당해야 한다는 생각에 걱정부터 앞섰다. 그런데 막상 와보니 무언가를 버리고 떠난다는 게 꼭 상실의 아픔만을 이야기하는 건 아니었다. 그런 점에서 유배를 온 선비들의 삶도 견디기 힘든 고통만으로 채워지지는 않았을 것이란 생각이 든다. 어쩌면 권세에 대한 욕망과 타인을 의식하는 체면, 미래에 대한 불안으로 가득한 삶을 내려놓고 홀가분하지 않았을까. 몇백 년 전 그들도 지금의 나처럼 수평선을 바라보며 그 위를 자유롭게 노니는 바닷새에 평온을 느꼈을지 모른다. 서귀포 바다 위를 굴러가는 잔잔한 윤슬에 마음을 빼앗겼을 수도 있겠지. 육지까지 끝내 이어지지 않는 땅. 기어이 버리지 못한 어지러운 욕심을 강제로 끊어준 제주 땅에서의 생활이 정말 서글프고 힘들기만 했을까?

끝없이 이어지는 파란 제주 바다, 곳곳에 피는 붉은 동백꽃, 낯선 동식물들, 조금씩 확장해나가는 인맥. 이곳에서는 모든 게 처음이고, 새로운 시작이다. 유배를 온 몇몇 사람들도 나처럼 과거는 밀쳐두고 낯선 환경에 적응하느라 바빴을지 모르겠다. 이제 막 세상을 접한 어린아이처럼 모든 게 신기하다. 육지에 박혀 있었던 굵고 단단한 뿌리를 가져오지 못했으니, 제주 땅에 작고 여린 뿌리를 조심스럽게 내릴 작정이다. 몸 곳곳에 여린 새순이 자라나는 기분이다.

이곳에서 오래 지내다 보면 언젠가 제주도 '떠나고 싶은' 나 자신의 기억들로 가득 찰 것이다. 아무리 반짝반짝한 시계도 결국 '생활기스'가 날 수밖에 없듯, 일상도 상처 없이는 이어질 수 없다. 그때는 육지의 땅이 주는 건조함이 그리워지겠지.

어디든 그리워할 수 있는 마음의 영토가 넉넉히 넓어지는 일, 그 역시 부지런히 움직이는 사람만이 가질 수 있는 특권일 게다.

제주에 살면
외롭지 않나요?

오랜만입니다. 잘 지내시죠?

오랫동안 뵙지 못한 선생님께 연락이 왔다. 2년 넘도록
안부를 건네지 못했는데, 먼저 메시지를 받으니 죄송스러웠
다. 솔직한 마음을 담아 문자를 보내고 한참 동안 답을 기다
렸다.

이번에 행사 때문에 제주에 가게 됐어요. 잠깐 시간 내서 볼 수

있나요?

언제든 시간을 내겠다고 답한 후 어떤 행사인지 찾아보
았다. 행사 프로그램을 찬찬히 살펴보며 '이때쯤 시간이 나
겠구나' 짐작했다. 사무실 달력에 조심스럽게 선생님 이름
을 쓴다. 내가 제주에 왔다는 소문이 퍼진 후 사람들은 제주
에 오면 꼭 나를 보고 갔다. 나는 지인들에게 '제주 관광코
스' 중 하나로 자리 잡았고, 두 달에 한 번꼴로 육지에서 오
는 반가운 얼굴들을 맞을 수 있었다.

처음 제주에 오게 됐을 때는 육지 사람들과 인연이 끊길
까 걱정했다. 제주는 가까운 외국으로 가는 것처럼 대단한
결심이 있어야 갈 수 있는 곳이었으니까. 지금 생각하면 그
때의 내가 가소로워 한쪽 입꼬리가 올라간다. 집에서 공항
까지 10분, 제주공항에서 김포공항까지 1시간 10분밖에 걸
리지 않으니 사실상 경기도에서 서울 가는 것과 큰 차이가
없다. 굉장한 결심을 하고 여권까지 챙겨야 할 것 같은 느낌
이지만, 실상 대한민국 어디서나 길게 잡아 3시간이면 도착
할 수 있는 도시가 바로 제주다.

육지 사람들과 소원해질 거라 예상했지만, 아이러니하게도 제주에 살면서 오랫동안 못 본 인연들을 오히려 많이 만났다. 10년 넘게 못 만났던 사람들을 제주에서 보기도 했다. 지인들 입장에서는 제주에 온다는 것 자체가 이미 기분 좋은 일이기 때문에, 나를 만나는 내내 들뜬 채로 즐거운 이야기만 했다. 그러면 나도 분위기에 휩쓸려 함께 신이 났다. 이곳에 오기 전엔 예상하지 못했던 순기능이었다.

제주에서 만난 인연은 회사 사람들이 전부. 특별한 일이 없는 저녁에는 보통 혼자다. 하지만 '혼자'가 일상에 지장을 주지는 않는다. 몰아치는 업무에 저녁이라도 혼자 편히 쉴 수 있는 게 오히려 다행이라 여긴 날들이 많았다. "오늘도 야근하시나요?"라는 팀원의 물음에 "네, 같이 하시죠"라며 힘없이 웃고 저녁을 먹으러 가던 수많은 밤들. 주말 출근을 한 팀원을 마주치고 서로 씁쓸하게 웃던 고단한 날들도 있었지만, 조용히 앉아 쓰고 싶은 글을 쓰고 책을 읽으며 에너지를 충전시키는 날들도 있었다. 외로울 때면 바로 바다를 보러 갈 수 있었다. 주말에 동네 책방을 가거나 제주 특유의 분위기를 담은 카페를 갈 때도 내가 괜찮은 도시에 왔다는 생각에 문득문득 기분이 좋아졌다. 가족들이 보고 싶어 육지로 돌아갈까 물으면, 가족들은 오히려 제주에 오래오래 있으라고 답하곤 했다. 아마 내가 제주에 사는 모습이 생각보다 괜찮아 보였던 모양이다.

외딴섬에 혼자 떨어져 쓸쓸하고 외로운 하루하루를 보내지 않을까 고민했던 2년 전의 나를 되돌아본다. 아프거나 무슨 일이 생기면 도움받을 곳도 없어 큰일 나지 않을까 걱정했던 예전의 나. 다행히 응급상황이 발생하면 언제든 와줄 사람을 여럿 사귀었고, 종종 심심하지 않게 놀아줄 친구도 생겼다. 주말이면 종교활동에 참여하며 공동체에 속해 있다는 안온함을 느낀다.

이제는 제주가 외딴섬이라고 생각하지 않는다. 육지와 다를 게 없는 대한민국 도시 중 하나일 뿐이다. 당연한 사실인데 받아들이는 데 오랜 시간이 걸렸다. 나는 사람뿐 아니라 도시에도 마음을 주기까지 긴 시간이 걸리나 보다. 그 시간 덕분에 제주 땅에 조심스럽게 내린 작고 여린 뿌리가 이제는 사뭇 단단해졌지만 말이다.

굴림추색

물에 젖은 종이처럼 축축 처지는 몸을 이끌고 주말에 출근했다. 평일에도 밥 먹듯 야근했지만 주말까지 일하지 않으면 다음 주 업무를 제대로 쳐낼 수 없기 때문이다. 책상 앞에 앉아 컴퓨터를 켜고 나니 힘내서 바짝 일하자는 생각과 주말이니 쉬엄쉬엄 하자는 생각이 동시에 머릿속을 어지럽혔다. 캄캄한 사무실은 이따금 복사기가 저 혼자 내는 소리를 빼면 조용하다. 그 적막을 깬 건 드르륵, 책상 위에서 진동하는 휴대폰의 떨림이었다. 메시지를 확인하니 연하지도, 진하지도 않은 초록 잎사귀들 사이로 엄지손톱만 한 작고 동글동글한 노란빛 열매가 보인다.

농장에 구아바가 열렸어.

제주 토박이이자 가족과 함께 감귤 농사를 짓는 S가 보낸 자랑 섞인 사진. 그와 띠동갑이 훌쩍 넘는 나이 차가 났지만 농사라는 공통의 관심사 덕에 우리는 금세 친해졌다. 귤 농장에서 작업하다 일부러 날 놀리려고 보낸 게 분명했다. 갑자기 내 신세가 처량하게 느껴져 모든 창을 덮고 컴퓨터를 껐다.

S에게 허락을 구하고 귤을 얻으러 가기로 했다. 서귀포까지 가는 급행버스를 타니 창밖으로 바다가 나타났다가, 삼나무 숲이 나타났다가, 건물이 나타났다가를 반복했다. 농장과 가까운 정류장에 도착해 좁은 길을 따라 한 걸음 한 걸음 발을 내디뎠다.

11월의 제주 바람은 적당히 선선했고 햇살은 적당히 뜨거웠다. 분명 가을인데 여름도 가을도 아닌 것 같은 기분이 드는 건 길 양옆을 수놓은 푸릇푸릇한 이파리 때문이다. 제주에 온 지 2년이 지났건만, 사시사철 푸른 나무를 볼 수 있다는 사실이 여전히 믿기지 않는다. 제주는 어느 계절이든 항상 봄, 여름, 가을을 함께 품고 있다. 계절의 편차가 선명한 육지와 아예 다른 세상이다.

고즈넉한 길옆으로 온통 귤 밭이다. 귤을 수확하는 똑, 딱, 가위 소리가 경쾌하게 들려왔다.

농장에 도착해 본격적으로 귤을 구경했다. S는 드넓은 밭에 펼쳐진 귤나무를 보며 어떻게 해야 농사를 잘 짓는지 하나하나 자세히 설명했다. 앞에서는 알아듣는 척 고개를 끄덕였지만, 사실 내 머릿속을 가득 채운 건 금방이라도 후드득 떨어질 것 같은 주황빛 귤들이었다. 어디를 보아도 선명한 초록색과 쨍한 주황빛이 적절한 보색을 이루며 끝없이 펼쳐졌다. 영주* 10경 중 하나인 귤림추색(橘林秋色)의 풍경이 제주의 가을을, 나의 가을을 빈틈없이 채웠다.

성산의 해돋이, 사라봉의 저녁놀, 백록담의 늦겨울 눈 등과 함께 영주 10경으로 꼽힌 귤림의 가을빛은 육지에서 보기 힘든 제주만의 풍경이다. 사과와 앵두의 붉은빛, 포도의 보랏빛, 복숭아의 분홍빛에 익숙한 내게 이토록 화사한 귤빛은 어쩐지 자연에서는 없을 법한, 누군가 그려냈다고 해도 믿을 법한 신기한 빛깔이다. 옛날 옛적 제주성에서 주렁 주렁 열매가 달린 귤 밭을 바라보며 '귤림추색'이란 이름을 붙였을 선비를 생각했다. 육지에서는 쉽게 볼 수 없는 독특한 자연의 빛깔을 감상하며, 귀한 귤 몇 개를 얻어먹으며 그는 무슨 생각을 했을까? 적어도 밀린 일이나 골치 아픈 가정사 같은 건 아니었겠지. 나처럼 '다 그만두고 귤 농사나 지으면 좋겠다'라고 생각했을지도 모른다.

S가 맛없을 거라고 투덜대며 가방 가득 귤을 챙겨줬다. 가져온 가방이 작지 않은데도 가득 차 불룩해질 만큼 넉넉히 담았다.

육지에서 먹었던 그 어떤 귤보다 맛있다고 찬사를 아끼지 않는데도 S는 쉽게 칭찬을 받아들이지 못했다. 한눈에 봐도 좋은 귤이건만, 혹시나 내가 실망하면 어쩌나 하는 걱정에 괜히 툴툴댄다는 걸 알고 있다. 나도 농촌에서 나고 자라 그 마음을 잘 안다. 너무 잘 알아서 고맙고 또 고맙다.

귤림추색을 한껏 즐기고 돌아가는 길, 마음이 넉넉해졌다. 버스 옆자리에 둔 불룩한 가방만큼. 오늘 하지 못한 업무들을 내일로 미루며 "제주도에 살면서 이 정도는 즐겨도 되잖아" 하고 스스로 토닥였다. 돌아가는 버스의 창밖으로 멀리 노을이 보였다. 뜨거움이 가라앉은 가을은 여름의 찬란함을 기억하며 걱정도 조바심도 없이 그저 편안해 보인다. 집에 도착해 가방을 바로 열어젖히자마자 우르르 쏟아지는 동글동글 탐스러운 주황빛 귤들. 서둘러 껍질을 벗겨 한 조각 입에 넣자 달달하면서 새콤한 과육이 입 안에 꽉 찬다.

맛있다. 육지에선 만날 수 없는 달고 싱싱한 현지의 맛, 가을부터 겨울까지 내 손을 노랗게 물들일 맛이다. 나의 성화에 못 이겨 겨우내 귤을 가져다줄 S에게는 미안하지만, 추운 겨울에 따뜻한 방 안에서 귤을 까 먹으며 뒹굴뒹굴할 생각을 하니 벌써부터 마음이 포근해진다.

＊ 영주는 제주의 옛 지명이다.

파도를 견뎌내는 바위의 검은빛.

안개가 내려앉은 바다의 희뿌연 파란빛.

우거진 삼나무 숲의 짙은 초록빛.

나의 보폭으로 걸으니 세상의 다양한 빛이 들어온다.
그리고 이내 발견한다. 우리들의 반짝이는 빛.

다른 도시를
이해한다는 것

나는 지금도 바닷물 잘락잘락 들이쳐 가민 어멍이영 아방이 '우리 연옥아' 하멍 두 팔 벌령 나한테 오는 거 닮아. 그래서 나도 두 팔 벌령 바다로 들어갈 뻔해져……

4·3사건은 대한민국 현대사의 가장 큰 비극이다. 2만 5천 명에서 3만 명 정도에 이르는 평범한 사람들이 이유 없이 죽어나갔다. 군 단위 지자체의 전체 인구와 맞먹는 수다. '제주에서 여러 사람이 억울하게 죽었구나' 정도로만 생각했을

뿐, 제주에 살기 전까지 이렇게 많은 사람이 희생됐다는 사실을 잘 몰랐다. 그렇게 육지 사람들이 4·3사건을 알든 모르든 제주 사람들은 70년이 넘는 세월을 묵묵히 4·3사건과 함께 살아오고 있었다.

"우리 하르방도 4·3 때 돌아가셔수다."

4·3사건을 처음 이야기하던 날이었다. 커피를 앞에 두고 옆에 앉아 있던 동료가 전해준 담담한 목소리에 놀란 건 나 혼자였고, 다른 이들은 그저 고개를 끄덕일 뿐이었다. 오히려 눈을 동그랗게 뜬 나를 보며 작게 웃어 보였다.

"여름 씨, 여기서는 4·3 유족 아닌 사람을 더 찾기 힘들어마씸."

S가 4·3사건에 대해 자세히 알려주었다. 제주에 연고가 없는 나를 불쌍히 여겨 그는 평소에도 이런저런 조언을 해주고 궁금한 것도 잘 알려주곤 했다. 함께 점심을 먹던 어느 주말, 제주에 온 지 꽤 됐는데 아직도 제주를 잘 모른다는

말에 S는 가만히 생각하더니 시간이 있냐고 물었다.

"시간이야 많죠. 근데 왜요?"
"보여주고 싶은 데가 있수다."

육지 사람을 위한 좋은 관광지라도 보여주려는 걸까, 잔뜩 부푼 기대를 안고 차에 올라탔다. 우리가 탄 차는 한라산 중산간 쪽으로 달렸다.

한창 봄기운이 올라오는 때여서 창밖으로 보이는 신록이 기분을 들뜨게 했다. 도착한 곳은 이끼 낀 돌들이 여기저기 무더기로 널브러진 숲속이었다.

"여기 옛날에 뭐였을 것 같수꽈?"
"그냥 숲 아니에요?"
"마을이었수다. 4·3 때 마을이 없어져마씸."

찬찬히 살펴보니 곳곳에 마을의 흔적을 찾아볼 수 있었다. 집이었던 것으로 추정되는 무너진 건물, 담으로 추정되는 돌과 돌들을 뒤덮은 무수한 풀, 나무와 이끼가 수습되지 못한 주검처럼 여기저기 흩어져 있었다. 나는 눈앞에 보이는 폐허가 정말 사람들이 살았던 마을이 아니기를 바랐다. 주변 숲과 마찬가지로 너무나 고요하고 평온해 현실감이 없었기 때문이었다.

돌아오는 길에 S는 제주공항 아래에도 많은 유해가 묻혀 있었다고 말했다. 우리가 예쁘다고 하는 정방폭포와 함덕 해수욕장, 성산일출봉을 비롯한 제주 전역에서 얼마나 많은 사람이 죽었는지 이야기해주었다.

S는 어릴 때 어른들한테 4·3 이야기를 들었다. 어른들은 이야기 끝에 항상 검지를 입에 가져다 대며 누구에게도 말해서는 안 된다고 당부했다.

제주 사람들은 해를 입을까 두려워하며 오랜 세월 동안 4·3 사건의 진실을 꺼내지 못했다. 나이 많은 어르신들일수록 트라우마가 심해 당시의 기억을 말하는 것을 극도로 꺼렸다.

동료의 할머니는 98세인데 평소에는 절대 4·3사건에 대해 이야기하지 않다가 치매 증상이 나타나 의식이 흐려질 때면 당시의 상처를 꺼내며 절규한다고 했다. 4·3사건은 명백한 국가 폭력이었지만 이를 인정받고 대통령이 공식적으로 사과한 것도 오래되지 않았다. 그리고 아직까지 4·3 사건에 대한 무차별적인 폄훼가 일부 사람들에 의해 자행되는 것이 현실이다.

죽으러 가는 길에 자신의 좋은 옷을 벗어 자식에게 건네주던 아버지, 금방 올 테니 소 먹이 잘 주라고 안심시키던 부모의 이야기도 슬펐지만 너무 끔찍한 증언들을 접할 때면 내 안의 깊은 곳에서 분노와 절망, 고통이 끓어올랐다. 하지만 제주 사람들은 4·3사건에 대해 크게 분노하지도 애써 원망하지도 않았다. 오히려 덤덤했다. 아무도 구체적인 이야기를 꺼내지 않았고, 건조한 이야기들만 건네고는 그마저도 대화를 금방 끝냈다. 그런 반응이 결코 '괜찮아서'가 아님을 나중에야 알게 됐다. 제주 사람들은 괜찮은 게 아니라, 오랫동안 학습된 침묵으로 쉽사리 입 밖에 꺼내지 않을 뿐이었다.

한편으로 내가 아무리 4·3사건에 대해 공부하고 당시 현장을 가봐도 제주 사람들만큼 4·3사건을 이해할 수는 없을 것이라 생각했다.

언젠가 독서모임에서 4·3 이야기가 나온 적이 있는데, 모임원 중 한 명이 4·3 사건에 관한 책을 읽으며 무서웠다고 말했다. 자신이 학창 시절 매일 오가던 곳에서 그런 끔찍한 일이 벌어졌다고 생각하니 그곳을 지나기 무섭다는 것이었다. 나를 제외한 제주 사람들이 그 심정을 이해한다는 듯 가만히 고개를 끄덕였다. 아무리 상상해도 그 심정을 공감할 수 없을 나는 그저 묵묵히 듣고 있을 수밖에 없었다.

2019년 4·3 추념식, 학생이 단상에 올랐다. 할아버지, 할머니, 아버지, 어머니, 오빠와 동생 모두 희생당해 땅도 아닌 바다에 던져졌다는 할머니의 이야기를 전했다. 할머니는 바닷가에 자주 나가셨지만 평생 물고기는 드시지 않으셨다고 했다. 그는 떨리는 목소리로 이유를 말했다.

"할머니는 물고기를 안 드세요. 부모, 형제가 모두 바다에 떠내려가 물고기에 다 뜯겨 먹혔다는 생각 때문이었대요. 어릴 때부터 꾹 참으면서 멸치 하나조차 먹지 않았다는 사실을 최근에야 알게 되었습니다. 할머니가 그러셨어요. '나는 지금도 바닷물 잘락잘락 들이쳐 가민 어멍이영 아방이 '우리 연옥아' 하멍 두 팔 벌령 나한테 오는 거 닮아. 그래서 나도 두 팔 벌령 바다로 들어갈 뻔해져…….'** 할머니의 바다를 이제야 알게 되었습니다. 너무 미안해요. 할머니."

　평생 이 섬이 가진 아픔을, 남은 사람들의 슬픔을 감히 나는 헤아리지 못할 것 같다.

---

* 제주 사람들이 다른 지역에서 건너온 사람을 가리켜 흔히 '육지 사람'이라고 한다.
** 나는 지금도 바닷물이 찰랑찰랑 들어오면 어머니와 아버지가 '우리 연옥아' 하면서 두 팔 벌리고 나한테 오는 것 같아. 그래서 나도 두 팔 벌려서 바다로 들어갈 뻔했어…….

172

동네 책방의 메카,
제주

유독 지치고 힘든 날, 가방을 단단히 메고 동네 책방에 간다. 늘어선 서가에 단정하게 꽂힌 책을 보고 있노라면 언제 그랬냐는 듯 마음이 편안해지기 때문이다. 제주는 동네 책방의 메카다. 근사한 책방이 워낙 많고, 서울의 유명한 책방이 제주로 옮겨오거나 분점을 낼 정도로 인기 많은 곳이 되고 있다. 가수 요조가 운영하는 '책방 무사'와 대학로에 있던 '풀무질'이 대표적이다. 책방이 많아 보이는 게 기분 탓인가 해서 찾아봤더니, 「2022 지역서점 실태조사」에 따르면 인구 10만 명당 서점 수가 제주는 13.7개로 전국 지자체 중에 압도적이다. 전국 평균인 5.3과 서울의 5.7보다 두 배 이상 높았다.

'제주책방올레 지도'*에 나온 제주 동네 책방은 70여 개에 이르며, 제주 어디를 가도 가까운 책방을 찾을 수 있을 만큼 고르게 분포되어 있다. 참고로 '제주책방올레 지도'는 동네 책방의 간단한 특징과 제공 서비스를 한눈에 볼 수 있도록 정리해 책방에 관심 있는 관광객들에게 요긴하다. 지도를 보면 알 수 있지만 생각보다 많은 서점이 어린이 책을 구비하고 있고 반려동물의 입장이 가능하다. 처음 이 지도를 구했을 땐 금세 다 가볼 줄 알았는데, 제주가 생각보다 넓어 못 가본 곳이 많다. 아직 못 갔다는 아쉬움보다 '그 책방은 어떨까' 하는 기대가 뜯지 않은 선물처럼 마음을 설레게 한다.

동네 책방이 섬 전체에 고루 분포된 탓에 시내에 있는 서점이 아니라면 보통은 다른 용건을 같이 끼워 들르곤 한다. 모슬포에 가는 날은 '어나더페이지'를, 저지리 예술인 마을 쪽에 가는 날에는 책방 '소리소문'을, 친한 사람과 애월읍에

갈비탕 먹으러 가는 날에는 '보배책방'을 방문하는 식이다. 책방마다 시집이나 잡지를 전문적으로 다루거나 비건을 주제로 하거나 코워킹(co-working)과 북스테이(book stay)가 가능한 곳 등 여러 테마가 있다.

책방에 가면 일단 매대에 놓인 책부터 서가에 꽂힌 책까지 꼼꼼하게 훑는다. 대형서점과 달리 동네 책방은 규모가 작기 때문에 주인의 취향이 담긴 큐레이션이 서가를 채운다. 덕분에 책방 한 곳 한 곳을 방문할 때마다 다양한 분야의 책들을 발견하는 재미가 있다. 책방에 들르기 전 되도록 책방의 특징이나 테마, 책방 주인의 이력 등을 꼼꼼히 살피는데, 가끔 사장님이 선별한 책들이 그의 이력과 비슷한 매력을 지니고 있다는 걸 발견하면 그 공간이 더 특별해진다. '여기 사장님은 이 분야를 잘 알고 있어 이런 책들을 골랐구나' 생각하면 사실 여부와 상관없이 책방을 조금 더 이해한 듯한 착각이 들기도 한다. 예를 들어, 24년간 책을 만들다 제주로 내려온 사장님이 운영하는 보배책방은 아무 책이나 집어도 실패하지 않을 법한 내실 있는 인문·교양서와 그림책 위주로 큐레이션 되어 있다. 나름 책을 잘 안다고 생각했던 나조차 '이런 좋은 책이 있었어?' 하고 눈을 반짝인 적이 많다. 육지에서 10년 넘게 서점 일을 해온 사장님이 차린 책방 '소리소문'은 다양한 분야에서 엄선된 책이 빽빽이 꽂혀 있어 나조차 몰랐던 나의 취향을 찾아가는 재미가 있다. 이 서점에는 '블라인드 북'이라고 해서 표지, 저자, 출판사 정보를 모두 가린 책이 인기가 많다. 과연, 서점 일을 오래 한 사장님답게 손님들이 만족할 만한 아이템을 고민한 흔적이 보인다. 이 외에도 20년 차 방송작가였던 사장님이 운영하는 '북스토어 아베끄', 시인이 운영하는 '시인의 집' 등 가보진 못했지만 언젠가 찾아가 책방 주인의 취향을 확인하고 싶은 서점들도 많다.

그렇게 시간을 두고 천천히 매대와 서가를 훑고 나서 꼭 책 몇 권씩 산다. 대형서점은 해당 사항이 없는, 동네 책방을 대하는 나만의 원칙이다. 출판계에 몸담았던 사람으로서 예의이기도 하고, 갈수록 책을 멀리하는 자신에 대한 경종이기도 하다. 나이가 들고 일이 바쁠수록 지식과 지혜에 대한 겸손함보다 '이런 건 나도 다 알아'라는 오만이 고개를 들기에 읽지 않아도 일부러 책을 사 둔다. 그렇게 집에 돌아가면 며칠 먹을 양식을 준비한 듯 마음이 든든해진다.

출판계에서 만난 사람이 제주에 올 때면 아무런 고민 없이 함께 서점을 간다. 책을 좋아한다는 '당연한' 전제를 깔고 있으므로, 우리는 누가 먼저랄 것도 없이 자연스럽게 책방으로 향한다. 그럴 때는 서로 말 한마디 하지 않아도 어색하지 않다. 책장에 꽂힌 책이나 서로가 고른 책을 보며 출판사는 어디인지, 저자는 누구인지 묻고 이런저런 평을 덧붙인다. 자연스럽게 '덕질'을 할 수 있는 최적의 환경. 오랜 시간 책을 봐도 서로가 서로를 재촉하지 않는다. 그렇게 몇 권의 책을 골라 만족스러운 얼굴로 책방을 나서면 제주에 온 손님을 잘 대접한 것 같아 뿌듯하다.

책방 인프라가 서울에 뒤지지 않는다는 점은 비싼 물가를 포함해 제주의 다른 단점을 모두 덮을 만큼 매력적이다.

돌이켜보면 도시마다 물가가 싸거나 농사일을 배우기 좋거나 시내가 복잡하지 않거나 맛집이 많거나 하는 장점들이 있었다. 나는 그런 좋은 점 하나하나를 소중히 하며 되도록 즐기려고 애썼다. 제주가 가진 책방 인프라도 마찬가지다. 각자의 개성이 넘치는 책방들은 다른 도시에서는 느낄 수 없는 매력이다. 아직 제주에 있는 책방의 절반도 가보지 못했지만, 구석구석에 있는 책방들을 냉동실의 곶감 빼먹듯

하나하나 천천히 즐겨볼 생각이다. 그러고는 나만의 책방지도를 만들어 육지에서 책을 좋아하는 손님이 올 때마다 데려가야겠다. 귤 농장 옆 나의 사랑방을 함께 만끽하는 기쁨. 제주에 사는 내가 육지에 사는 지인에게 해줄 수 있는 몇 안되는 '특별히 다정한 일' 중 하나일 것이다.

---

* 제주착한여행(jejugoodtravel.com)에서 다운로드할 수 있다.

인간을 바꾸는 방법
세 가지

큰 활엽수 그늘이 만들어낸 얼룩덜룩한 바닥을 딛고 어른들이 서 있다. 하교 시간이 되자 아이들은 하나둘 교문으로 나왔다. 아이들을 기다리던 엄마, 아빠, 할머니, 할아버지들이 고사리 같은 손을 잡고 생글생글 웃으며 집으로 돌아갔다. 그들이 떠난 자리에 가만히 앉아 지나가는 사람들을 쳐다봤다. 어느새 교문 앞에는 나무 잎사귀를 피한 햇살 무늬와 작은 의자에 덩그러니 앉아 거리를 바라보는 나만 있다. 그 순간, 저 행복은 내가 가질 수 없는 행복이라는 생각이 들었다.

제주에 오고 두 달쯤 지나 초등학교에 위치한 사전투표소를 안내하는 역할을 맡았다. 사전투표소가 어디인지 몰라 두리번거리는 사람들에게 방향을 알려주면 되는 일이었다. 하교하는 아이들이 물밀듯 쏟아져 나왔고 내 또래로 보이는 학부모들도 제법 있었다. 내가 오랫동안 부러워했던 풍경. 30대 중반부터 결혼을 포기한 나는 그럼에도 불구하고 가정을 이룬 사람들을 부러워했다.

나는 남아선호사상이 가장 심하다는 지역에서 태어나 어른들로부터 공공연한 차별을 당하며 커 왔다. 같은 잘못을 해도 남자아이는 괜찮다고 다독였고 여자아이는 혼을 냈다. '딸은 쭉정이, 아들은 알맹이'라는 사람들의 말에 항변하지 못하고 힘없이 주눅 들었던 건 당시 분위기가 그 말에 적지 않은 권력을 실어주었기 때문이었다.

회사생활을 하며 들었던 말들도 마음을 멍들게 했다. "여자는 열등하다"라거나 "여자가 무슨 승진이야" 등 선배 여성 관리자를 향한 무례한 말이라든가, 잘못된 과거 조직 문화를 그리워하며 "예전엔 만져도 가만히 있었는데"라는 식의 모욕적인 말들도 서슴지 않았다. 문제가 생기는 걸 원치 않아 비겁하게 못 들은 체했고, 마음의 벽이 생겨 자연스럽게 결혼도 저 멀리 치워두게 됐다. 그런데 웬걸, 절대 깨지지 않을 것 같았던 마음의 벽은 뜻밖에 바다를 건너와 조금씩 희미해졌다. 신기하게도 육지에서 일상적으로 들었던 불편한 말들은 제주에 오고 2년 내내 한 번도 듣지 못했다. 내 경험을 절대 일반화할 수는 없겠지만 제주에서 마주친 직장 동료들은 적어도 성별로 차이를 두지는 않았다. 그러다 보니 육지에서 겪었던 상처가 거짓말처럼 느껴졌고 제주에 온 지 1년 후 용기가 생겼다. 연애하고 싶고, 잘되면 결혼도 하고 싶어졌다.

하지만 내 사례를 일반화하고 싶지 않다. 나의 이야기에 공감하지 않는 제주 여자들이 있었기 때문이다. 오히려 자신은 제주에서 안 좋은 대우를 받았고 서울에서 좋은 사람들을 만났다고 하는 사람도 있었다. 시가가 경기도이고 양가 어른들과 사이가 좋다고 말하는 분도 계셨다(참고로 제주도는 고부갈등이 잘 없다고 한다. 친한 여자 지인들에게 모두 물어봤지만 고부갈등이 왜 있어야 하냐는 대답만 돌아왔다). 내가 육지에서 만난 일부 남자들이 유독 이상했던 걸 수도 있고, 제주에서 만난 사람들이 특별히 좋은 사람이었을 수도 있다. 그럼에도 개인적인 관점에서 이 정도의 전환은 놀라운 일이었다.

10년 전, 칠 남매 중 유일하게 결혼을 하지 않았던 사촌 언니가 제주로 발령받으면서 결혼을 했다. 젊을 때부터 능력도 좋고 수입도 높았던 언니는 육지에서 어려웠던 결혼이 제주에 와서 비교적 쉽게 이뤄졌고, 언니는 아직도 형부를 입이 마르도록 칭찬한다. 그런 걸 보면 도시를 옮긴다는 건 인연을 재편하는 일이고, 인연을 재편하는 건 삶을 바꾸는 일이 아닐까 싶다. 다시 한 번 말하지만 나의 사례든 사촌 언니의 사례든 일반화할 수는 없다. 하지만 여러 고민으로 괴로운 당신에게 한 번쯤 인생의 판을 엎어봐도 나쁠 건 없다고 조심스레 전해주고 싶다. "인간을 바꾸는 방법은 3가지뿐이다. 시간을 달리 쓰는 것, 사는 곳을 바꾸는 것, 새로운 사람을 사귀는 것"이라는 오마에 겐이치의 말처럼, 도시를 옮기면 이 중 두 가지가 저절로 이루어지니까.

답답한 일상의 판을
뒤집고 싶을 때

어릴 적 동네에서 사람들과 함께 새참을 먹을 때였다. 옆에는 감기에 걸려 열이 나면서도 약속한 일을 해주기 위해 밭에 나온 아버지가 앉아 있었다. 농사일의 특성상 일해주기로 한 날에는 꼭 해줘야 했기에, 아파도 묵묵히 참고 일하는 아버지의 모습이 어린 내 눈에 너무나 안쓰러워 보였다. 그날 아버지의 옆모습을 바라보며 일의 무게를, 일의 진중함을 가슴 깊이 새겼다. 어둑어둑한 새벽 일찍 집을 나서서 해가 지고 나서야 들어오던 부모님이 있었기에 '성실'이란 것에 대하여, '노동'이란 것에 대하여 얼마나 중요한지 어렴풋이 느낄 수 있었다. 일이란 '일상을 희생해서 해내야 하는 인생 1순위'라는 생각이 박인 것도 그 모습 때문일지 모르겠다.

천둥벌거숭이 같은 사회초년생을 지나 30대에 진입한 나는 성실과 근면이라는 이름에게 모든 걸 맡겼다. 도시 생활에 지쳐 시골로 갔을 때조차 직장에 들어가니 일상을 포기하면서까지 일하는 습관이 반복됐다. 의성에서 일하던 시절에도 고즈넉한 시골 풍경을 바라보면서 '그래도 일은 열심히 해야 한다'라는 강박에서 벗어나지 못했다. 늘 회사와 연결되어 있는 일상을 자랑스럽게 생각했고, 연가를 쓸 때조차 일을 놓지 못했다. 동료의 일이 나한테 넘어오면 능력을 인정받은 것처럼 뿌듯해하며 묵묵히 결과물을 만들어냈고, 투덜대면서도 야근과 주말 근무를 밥 먹듯이 했다. 야근하라는 상사의 한마디에 빠릿빠릿하게 약속을 취소하던 날들조차 내게는 의심할 수 없는 정석이었고, 조직에 '꼭 필요한 사람'이 되기 위한 여정이었다. 하지만 좁은 침대에 멍하니 누워 머리 위로 수액이 똑, 똑, 떨어지는 장면을 보고 있노라니 내 안의 무언가가 금이 가고 있다는 생각이 들었다. 그건 바로 신념이었다. 자꾸만 나를 낭떠러지로 내몰았던 '성실과 근면'이라는 강박을 믿어 의심치 않았다. 제주에 와서도 마찬가지였다. 갑자기 일이 두 배 가까이 불어났을 때, 다 해낼 수 있을 거라 믿으며 허덕이는 삶으로 나를 거듭 밀어넣었다. 일에 매몰되자 면역력은 떨어질 대로 떨어지고 여기저기 염증도 생겼지만, 꾸역꾸역 수액을 맞아가며 견뎠다. 조금만 더 참으면 쉴 수 있으리라 믿었건만 더 이상 버티지 못한 내 몸이 먼저 파업을 선언했다. 중이염, 후두염, 부비동염, 인후염, 몸살까지……. 입사 후 처음으로 닷새 연달아 휴가를 냈다. 그제야 의성에서도, 제주에서도 여름 휴가를 한 번도 가지 못했으며, 이틀 연달아 연가를 낸 적이 거의 없다는 걸 알아챘다. 작년 한 해, 부서에서 손에 꼽힐 만큼 많은 초과 근무 시간을 달성한 걸 자랑스럽게 생각했건만…… 뭔가 크게 잘못됐다는 생각이 들기 시작했다.

'왜 이렇게 됐지?'

방울방울 떨어지는 수액의 양이 확연히 줄고 눈이 감길

때쯤 나처럼 육지에서 제주로 온 동료의 말이 떠올랐다. 경치 좋은 곳들을 가봤냐는 질문에 머뭇거리며 일이 많아 아직 가보지 못한 곳이 많다고 대답했다. 동료는 고개를 갸웃거렸다.

"여름 씨는 왜 제주에 온 거야?"

물론 제주도에 일하러 왔지 관광을 즐기러 온 게 아니다. 하지만 그 말을 곱씹으며 이 지경이 되도록 나를 밀어붙인 자신에 대해 생각했다. 왜 이렇게 건강을 해칠 만큼 일에 몰두했을까? 사실은 오랜 가난이 만들어낸 불안을 성실이라는 말로 맹목적으로 덮어온 게 아닐까? 혹은 내 실력이 뒤처진다고 생각해 '열심히 하는 모습'이라도 보이려고 애써 온 걸까? 그것도 아니면 '시키는 대로 다 하는' 착한 사람 콤플렉스가 있었나? 명확하게 답할 수 없었다. 어차피 더 일하고 싶어도 건강이 버텨주지 못할 테니 오래 고민하지 않았다. 통장 잔고를 살펴보니 다행히 향후 3년은 견딜 수 있을 듯하여 회사를 포기하기로 했다.

아버지에게 전화해 회사를 그만두겠다 말했다. 수화기 너머 아버지는 별 반응이 없었고 그저 일하느라 몸이 힘들어졌다는 소식에 걱정 섞인 말을 덧붙였다.

"일을 너무 많이 하려고 하지 마. 일만 하다 보면 과정을 즐기지 못해."

평생 성실의 아이콘으로 살아온 아버지의 답은 뜻밖이었다.

"결과는 좋을지 몰라도 과정이 없더라. 나도 너희들을 잘 키웠으니 결과는 좋은 거지만, 그 과정에서 삶을 누리지는 못 했어. 너는 그렇게 살지 마."

아버지의 후회는 담담했다. 자식들을 생각하며 어떻게든 버텨온 날들이지만, 돌아보니 열심히 일만 한 인생에 아쉬움이 남으신 듯했다. 아버지의 말에 '무조건 열심히'를 부르짖던 나도 가만히 멈춰 서서 생각했다. 무엇을 위해서 최선을 다해 일하고, 조직으로부터 어떤 보상을 받고 싶었는지 명확하게 대답하지 못했다. 계속 이렇게 살아야 할지 스스로에게 물어보면 머리로는 아니라고 답하면서도 마음속 조급함은 나를 짓눌렀다. 어쩌면 나뿐만 아니라 자기계발을 하지 않으면 죄책감이 생긴다면서 '갓생'을 사는 지금의 젊은 세대가 겪는 조급함일지도 모르겠다. 제주에 와서도 버리지 못했던 '성실과 근면'에 대한 강박을 이제부터 천천히 내려놓아야겠다. 퇴사하고 일단 쉬면서 그동안 너무 바빠 사느라 볼 수 없었던 큰 숲을, 더 멀리 갈 수 있는 지도를 발견한다면 그때 다시 걷고 싶다. 뿌리가 더 굵고 단단한 나로 자라기 위한 나이테를 만드는 시간이 되길 소망한다.

내게 맞는 도시를 찾는 새로운 대안, 워케이션

지금 하는 일을 계속하면서 다른 도시에서 살 수 없을까? 팬데믹 이후 재택근무를 해도 문제가 없다는 걸 확인했으니 앞으로 조금 더 유연한 노동을 생각해볼 수는 없을까?

내가 생각해낸 가장 현실적인 방안은 산과 바다를 보며 일하고, 주말에는 지역을 마음껏 즐기는 '워케이션'이다. 워케이션은 원격근무를 하며 휴가지에서 휴가와 업무를 병행하는 제도로, 일(Work)과 휴가(Vacation)의 합성어다. 워케이션을 처음 접했을 때 여유로운 직업을 가진 소수의 사람들만 이용하는 제도라 생각했다. 하지만 2023년 기업과 국책기관 등 임직원 9,760명이 제주에서 워케이션을 이용했다는 기사를 보고 생각이 달라졌다. 어쩌면 이것이 내게 맞는 도시를 찾을 수 있는 새로운 대안이 될 수 있겠다는 예감이 들었다.

제주도는 일찍부터 관광산업이 발달한 도시답게 숙소와 업무 공간이 결합된 민간 오피스가 잘 자리 잡았다. 이런 인프라를 활용해 워케이션 프로그램 시범사업을 추진했고, 이후 혁신적인 기업문화를 선도하는 판교에서 설명회를 여는 등 워케이션 참여기업 유치에 열정을 보였다.

대한민국 대표 관광지 제주라는 프리미엄이 붙어서 크게 호응하며 참여했던 기업도 상당했던 것으로 안다. 2023년 기준 1인당 최대 52만 원의 오피스·여가 프로그램 이용권까지 제공했으니 지자체마다 불붙은 워케이션 경쟁에서 우위를 선점하겠다는 선전포고나 마찬가지였다.

전국의 많은 지자체가 워케이션 활성화에 혈안이 된 이유는 지방 소멸 때문이다. 인구가 줄어들고 지역 활력도 줄면서 '관계인구' 늘리기의 방편으로 워케이션 사업에 뛰어든 것이다. 관계인구란 지역에 살지 않아도 다양한 방식으로 지역과 관계를 맺고 교류하는 인구를 뜻한다.

사람이 거주하는 개념인 '정주인구' 늘리기에는 한계가 있으니, 관계인구라도 늘려 지역경제를 살려보자는 취지다.

기업에서는 직원 복지로 이용하기 좋고, 수도권에 사는 직장인 역시 답답한 도시를 떠나고 싶어 하니 꽤 효율적인 제도다. 젊은이들에게는 일을 그만두지 않고도 다른 도시에서 살아볼 수 있는 기회이기도 하다.

내가 만일 워케이션 제도를 이용할 수 있었다면 몇 달씩 돌아가며 여기저기서 살아보았으리라. 일을 마치고 남은 시간에 시내를 구경하고, 시장에서 간식거리를 사 먹고, 유명하다는 맛집을 찾아보고, 그 도시의 역사와 문화가 담긴 명승지를 돌아보며 일상을 새로움으로 가득 채우느라 바빴을 것이다.

워케이션은 다른 도시에 살아보고 싶은 사람뿐만 아니라 답답한 사무실에서 도망치고 싶은 사람들에게도 좋은 제도다. 일보다 사람이 힘든 게 직장생활인데 직장인은 방학도 없어 도무지 쉴 수 없고 근무공간을 벗어날 수도 없다. 모든 직장인이 이렇게까지 어렵게 살아야 할 이유가 있을까? 일과 휴식을 병행할 수 있게 조금만 숨통을 틔워줘도 좋을 텐데…… 그 편이 오히려 직장인의 퇴사를 막는 효율적인 방법일지 모른다.

조금 다른 관점에서도 워케이션의 필요성을 실감할 수 있다. 요즘 아이들의 절반은 수도권에서 태어나 지방을 경험할 기회가 거의 없다. 경험하지 못했으니 이해할 수 없고, 이해할 수 없으니 존중하기도 어려울 터. 수도권 집중화와 지방 소멸의 문제도 크지만 곧 사회로 나올 세대가 제한된 공간만을 접해왔다는 현실은 더 큰 문제다. 경험상 여러 도시에 살아볼수록 사고도 확장되고 시야도 트이는데, 이 친구들에게 그럴 기회가 쉽게 주어지지 않을 것 같다. 지금 직장생활을 하는 세대까지는 명절에 조부모를 만나러 시골에 가는 일이 많았지만, 앞으로는 명절도 대부분 수도권에서 지낼 것으로 보인다.

새로운 세대에게 지방이 그저 '낯설고 불편한 곳'으로 각인되지 않기를 바란다. 넓지도 않은 국토에서, 그마저도 아주 좁은 수도권에서만 살아본 미래 세대가 우리나라를 전반적으로 이해하고 포용할 수 있을지 고민이다.

균형발전을 통해 지방의 이익을 창출해 주리라는 기대도

지나친 낙관일 수 있다. 실제로 서울에서 나고 자란 지인 중에서 "지방으로는 절대 가고 싶지 않다"라거나 "지방으로 가는 순간 낙오되는 거야"라고 대놓고 표현하는 이들도 있었다. 이러한 분위기를 반증하듯, 이철우 경북도지사는 민선 8기 취임식에서 "대한민국은 지금 수도권 병에 걸려서 서울에 안 가면 마치 낙오자 비슷하게 바뀌었습니다. 대한민국을 바꿀 수 있는 걸 경북에서 모범을 보여야 합니다"라고 인구 감소 해결을 위한 의지를 피력하기도 했다.

막연한 바람이긴 하지만, 지자체가 앞다투어 나서는 만큼 정부에서도 적극적으로 지원하고 기업도 효율적인 방안을 마련해 워케이션 붐을 일으켰으면 좋겠다.

도시마다 공공 워케이션 센터와 민간 워케이션 센터가 세워져 누구나 언제든 원하면 그 도시에서 몇 달이고 살 수 있는 기반이 마련되면 좋겠다.

지난달에 강릉 커피거리에서 주말을 보냈다면, 다음 달에는 여수에서 밤바다를 바라보고, 그다음 달에는 청송 주왕산에서 단풍을 즐기는 삶. 그러다 나와 딱 맞는 도시를 찾으면 그곳에 쉽게 정착할 수 있는 사회 분위기가 형성되면 좋겠다.

전 국민의 절반이 수도권에 사는 나라라니, 얼마나 비효율적인가. 더 넓은 곳에서, 더 많은 것을 보고 즐기며 대한민국의 도시 하나하나를 사랑할 수 있는 내일이 오길 바란다.

워케이션
해볼까?

"여름 씨, 우리도 사무실 말고 다른 장소에서 일하게 해주
는 프로그램을 시작한대요."

"진짜요? 저도 해볼래요!"

"공지 나면 한번 신청해봐요."

처음 이 소식을 듣고 드디어 나도 워케이션을 해보나 싶
어 들떴지만 아쉽게 기회가 닿지 않았다. 담당자에게 물어
보니 애초에 워케이션 개념이 아니고, 출퇴근 시간을 줄여

업무 효율성을 높이는 데 방점을 둔 제도라고 했다. 예를 들어 서귀포에 사는 사람이 제주시까지 오는 데 왕복 2시간이 걸리니 일정 기간 동안 서귀포의 지정된 공간에서 일하는 식이다. 애초에 회사와 집이 가까웠던 나는 다른 공간을 이용하면 오히려 출퇴근 시간이 길어질 뿐이었기에 금세 포기해버렸다.

직접 참여하지는 못했지만 사무실에서 벗어나 일을 하면 어떤 효과가 있을지 궁금했다. 프로그램에 참여했던 친구에게 물어보니 사람들을 신경 쓸 일 없이 오롯이 자신의 일에만 몰두할 수 있다는 점이 가장 좋다고 했다. 하긴, 내 경우를 생각해도 집에서 조용히 일할 때 일의 진행 속도가 빠르고 집중도 잘됐다. 한 공간에 수십 명이 함께 있는 답답함에서 벗어나니 좋을 수밖에. 재미있는 건, 멋진 휴양지를 간 것도 아니고 일이 줄어들지도 않았는데 복귀 시점이 다가올수록 그 친구의 낯빛이 점점 어두워졌다는 것이다. 그 잠깐의 자유시간에도 이렇게 행복해하는데, 멀리 떠나는 워케이션은 얼마나 기분 좋고 새로울까. 2023년 제주도가 민간 워케이션 업체 대상 바우처 지원 사업에 설문조사를 한 결과 업체와 참여자 모두 만족도가 92퍼센트에 달했다고 한다.

전국적으로도 '일이 너무 잘됐다' '효율이 좋아졌다'라는 후기가 많은데, 특히 평소에는 경험할 수 없는 지방의 구석구석을 여행하고 경험하는 모습이 크게 만족스러워 보였다.

현재 워케이션을 이용할 수 있는 지자체는 '전국'이라고 할 만큼 대부분의 지역이 워케이션 사업에 열을 올리고 있다. 복합기, 화상회의 공간 등 업무를 지원하는 완벽한 시설이 갖춰진 건 물론, 각 지역의 관광지와 연계한 프로그램도 다양하다. 정부와 지자체의 지원이 많아 잘만 고르면 저렴한 가격으로 휴가 이상의 만족도를 누릴 수 있다는 점도 장점이다. 하지만 워케이션을 고려하기에 앞서 가장 큰 문제는 회사에서 워케이션 프로그램을 지원하느냐, 지원하지 않느냐 하는 것이다. 대기업의 경우 자체적으로 워케이션 프로그램을 마련한 곳이 많지만, 규모가 작은 기업은 상대적으로 혜택을 받기 쉽지 않다.

다행히 현재 서울경제진흥원에서 서울 중소기업 재직자를 대상으로 워케이션 사업을 진행 중이다.[*] 기업 차원에서 적극적으로 추진한다면 신청 절차가 다소 쉽고, 개인이 신청한다 해도 회사의 허가만 받으면 이용할 수 있다. 서울 소재의 중소기업이 아니라면, 제주 워케이션이나 강원 워케이션, 부산 워케이션 등 지자체에서 운영하는 사이트를 참고하는 것도 좋다. 다양한 지원사업과 참여 방법이 상세히 설명되어 있다. 한국관광공사에서 운영하는 '대한민국 구석구석' 사이트에서 워케이션을 검색하면 워케이션 시설 디렉토리 북 등 워케이션 시설에 대한 자세한 정보를 얻을 수 있다.

아직은 우리 사회에서 생소한 근무 형태지만 참여자들의 만족도가 높고, 일이 매우 잘된다는 후기가 많은 만큼 새로운 근로문화로 정착되길 바란다. 젊은 세대가 워라밸과 근로의욕을 높이는 데 워케이션을 선호한다고 하니 기업에서도 앞다투어 도입하는 제도로 정착하길 기대한다. 아직은 초기 단계라 시행착오가 많겠지만, 워케이션이라는 새로운 근로문화가 도시 직장인들에게 새로운 지역을 경험하고, 이해하고, 그 가운데 자신의 세계를 확장할 수 있는 긍정적인 변곡점이 되었으면 한다. 대한민국 구석구석은 생각보다 매력적이니까.

---

* SBA 서울기업 워케이션: 퇴근만큼 즐거운 출근(worcation.sba.kr) 사이트 참조.

도시는
메시지를 던진다

프로그래머이자 투자가 폴 그레이엄(Paul Graham)의 말에 따르면 야망의 중심지가 된 도시들은 수많은 메시지를 보낸다.

"당신은 돈을 많이 벌어야 한다"라고 소리치는 뉴욕, "당신은 더 똑똑해져야 한다"라고 말하는 케임브리지, "당신은 더 나은 삶을 누려야 한다"라는 버클리 등 번성한 도시들이 끊임없이 메시지를 보내온다. 여러 도시에 살아본 나는 연신 고개를 끄덕였다. 사람들의 말 한마디, 눈빛 하나, 심지어 자연까지 주변으로부터 영향을 받는 건 당연한 일이니까.

서울은 메시지가 명확한 도시다. 출퇴근 시간을 쪼개 자기계발에 몰두하고 시시때때로 남과 비교하며 자신이 지금 어느 위치에 와 있는지 확인하기를 요구한다. 사람들은 자신의 시간을 더욱 생산적으로 쓸 수 있도록 노력하고, 치열한 경쟁이 당연해지다 보니 취업 준비생들은 완벽에 가까운 스펙을 갖추고도 더 매력적인 스펙을 위해 시간을 쪼갠다. 나 역시 뭐라도 배우려고 애썼다. 서울은 내게 "더 높이 올라가. 너의 가치를 더 키워. 사람들이 너를 더 원하게 만들어"라고 외쳤다.

경쟁에 지쳐 고향으로 돌아왔을 때 비로소 도시 생활과 정규직을 포기해도 아무 일이 일어나지 않는다는 걸 온몸으로 확인할 수 있었다. 안심했다. 내 고향, 그 깊고 넓은 자연은 언제든 인간을 품어줄 거라는 막연한 바람을 충족시켜주었다. 높은 빌딩 숲 사이에서 키워온 '돈이 없으면 굶어 죽을지도 모른다'라는 불안도 오래된 선박의 따개비를 털듯 떼어낼 수 있었다. 시간이 지나도 여전히 그대로인 산과 들, 반은 바뀌고 반은 그대로인 시내. '농업의 수도'답게 규모와 기술 등 모든 면에서 앞서가는 선진 농업 도시 특유의 활기. 태어날 때부터 나를 품어준 상주는 오랜 시간이 지나 다시 돌아온 내게 "다 괜찮아, 네가 무슨 선택을 해도 네 삶은 쉽게 무너지지 않아"라며 등을 토닥여 주었다.

의성에서는 미처 생각하지 못했던 또 다른 삶의 가능성을 확인할 수 있었다. '도시의 직장생활'이 아니면 '시골에서 농사 짓기'라는 이분법적 사고를 갖고 살아온 내가, 취향대로 '커스텀' 하듯이 우리의 일상도 필요에 맞게 얼마든지 맞출 수 있다는 사실을 알게 됐다. 용기 내어 삶의 가능성을 조금 더 자유롭게 짚어 나가기 시작했다. 언론이나 SNS에는 없는, 직접 찾아봐야 보이는 기회들이 곳곳에 숨어 있는 것을 보며 어떤 삶이든 어떤 생활이든 함부로 예단해선 안 된다는 것도 깨달았다. 그렇게 의성은 내게 '남들이 말하지 않은 새로운 길에 대한 가능성'을 가르쳐주었다.

용기를 내어 크게 발을 내디딘 거라고는 하나 상주와 의성은 모든 면에서 내게 익숙한 곳이었다.

제주는 차원이 달랐다. 바다를 건넌다는 점과 아무런 연고도 없다는 점에서 앞선 두 곳과는 비교할 수 없는 대전환이었다. 이제껏 본 적 없는 자연과 생소한 문화에 그동안 당연하다 여겼던 기본값들이 깨졌다. 갑자기 달라진 환경은 나를 철저하게 무장해제 시켰고, 위태롭게 이어오던 '근면'에 대한 강박이 떨어져나갔다. 편견과 강박이 빠져나간 곳은 낯선 편안함 그리고 '그동안 막연하게 꿈꿨으나 결코 닿지 못할 거라 생각했던 것들'로 채워졌다. 새로운 인연을 만났고, 웹소설을 본격적으로 쓰기 시작했다. 20년 가까이 꿈꿔왔던, 나를 잘 아는 이라면 누구라도 비웃지 않을 내 인생의 가장 중요하고 큰 과제 앞에 서 있는 셈이다. 바로 지금 제주는 내게 "중요하지 않은 것들은 버리고, 네가 꼭 하려고 했던 일에 집중하라"라고 말하고 있다.

인구 1,000만의 대도시부터 50만, 10만, 5만을 고루 경험했다. 우연처럼 보이지만 사실 모든 길은 결국 내가 택한 길이다. 한때는 대도시가 나를 떠밀었다고 생각했지만, 여러 도시를 거치며 사실은 내 안에 있는 욕망들을 하나하나 골라내 왔다는 걸 이제는 안다. "당신이 어떤 종류의 야망을 지니고 있는지 알기 위해서는 집처럼 편안한 도시를 찾아야 할 것이다"라는 폴 그레이엄의 말처럼, 내 야망에 딱 맞는 도시에서 내가 가장 좋아할 수 있는 모습으로 살기 위해 30대의 시간을 내던졌다. 그 여행이 만족스러웠냐고 묻는다면 주저 없이 그렇다고 말하고 싶다. "아무것도 하지 않으면 아무 일도 일어나지 않는다"라는 격언의 반증처럼 지난 시간 내게 있었던 일들은 너무나 예측 불가능하고 드라마틱했기 때문이다.

앞으로 제주에 정착하게 될지, 다른 도시에서 살게 될지는 장담할 수 없다. 하지만 또 다른 곳에서 살게 되더라도, 어려워하거나 주저하지 않고 더 자신 있게 새로운 곳으로 발을 내디딜 것 같다. 그러고는 그 도시만이 가진 매력을 음미하며 새로운 기억들을 쌓아가겠지. 지금 사는 곳이든 새로운 곳이든 머지않은 시간에 내 야망을 맞춰줄 최적의 도시를 만나기를 진심으로 고대한다.

도시, 인생의 목표를 실현할
각기 다른 모양의 도구

7년 전에 구입한 덩치 큰 노트북이 있다. 잦은 고장으로 결국 방치하게 된 구형 노트북. 최근에 자료 찾을 일이 생겨 먼지가 잔뜩 쌓인 그 노트북을 꺼냈다. 기억을 더듬어 비밀번호를 입력하니 오래된 바탕화면이 나를 맞았다. 그 순간 노트북 화면 속 언제 만들었는지 모를 '비전보드'가 나를 당황하게 만들었다. 비전보드는 자신의 목표를 하나하나 오려 붙여 시각화한 이미지로, 좁은 원룸에 누워 소망하던 것들을 혼자 깔깔거리며 그림판을 활용해 엉성하게 오려 붙인

적이 있었다.

글을 써서 먹고 살겠다는 꿈, 언젠가는 공무원 신분으로 살아보리라는 꿈, 다양한 사람을 만나며 자유롭게 살겠다는 꿈, 피 같은 월세를 내고 싶지 않다는 꿈, 사람들에게 말할 수 없는 비밀스러운 꿈들까지…….

적어도 10년은 걸릴 줄 알았던 비전보드 속 소망들이 어느 순간 승인 도장을 쾅쾅 받은 것처럼 빠르게 이루어졌다.

작은 도시, 아담한 동네로 삶의 터전을 옮겨온 지 6년, 아무리 애를 써도 풀리지 않던 일들이 차근차근 실현되기 시작했다. 가진 능력이 크게 달라진 게 아니니 레드오션과 블루오션의 차이를 날 것 그대로 체감했다고 보면 될 것 같다.

우리나라 곳곳의 소도시에는 흙 속에 알 굵은 감자처럼 숨어 있는 알짜배기 기회가 많다. 나는 여러 도시를 거치며 발견한 새로운 세계를, 잘 몰라서 아무도 관심 가지지 않았던 도시들의 크고 작은 가능성을 알려주고 싶었다.

많은 기회가 수도권 중심으로 펼쳐지는 요즘 같은 때에 "여기로 오세요"라고 선뜻 말하기 어렵지만, 취업이든 창업이든 워케이션이든 생활 반경을 넓히면서 자신에게 꼭 맞는 삶을 꾸려보기를 권하고 싶었다. 나 또한 고향으로 내려오지 않았다면 평생 몰랐을 또 다른 인생을 이제야 알게 되었으니까. 시선을 달리하지 않았다면 내 모든 열망은 오래된 노트북과 함께 잠들어 있었을지도, 어쩌면 50세가 될 때까지 꿈으로만 남아 있었을지도 모를 일이다.

물론 대도시의 삶을 사랑하고, 그 안에서 행복을 느끼는 사람들도 있다. 하지만 이제껏 살아온 방식과 다른 삶은 겁이 나서, 다들 수도권이 좋다고 하니까 꾸역꾸역 버티는 사람들도 있을 것이다. 나는 후자에 해당하는 사람들에게 다른 길이 있다는 걸 알려주기 위해 이 책을 썼다. 최대한 미화되지 않도록, 현실적인 내용을 담아 환상을 심어주지 않으려 노력했다.

무작정 귀농해서 시골집과 시골 땅을 사서는 안 된다고 말한 것도, 직장을 다니면서 지방을 경험하는 워케이션을 대안으로 제시한 것도 이런 이유 때문이다. 그렇기에 이 책을 읽은 여러분이 자신에게 맞는 지역을 발견하고 찬찬히 적응해나가는 경험을 할 수 있길 부디 바란다. 내 이야기는 여기까지지만 언젠가 큰 용기를 낸 당신이 나와 비교할 수 없는 흥미진진하고 짜릿한 이야기를 들려주리라 믿는다. 스스로를 더 나은 삶으로 데려갈 용기를 지닌 모든 이의 건투를 빈다. 분명 잘될 것이다.

작은 도시 봉급 생활자

초판 1쇄 발행 2024년 7월 1일

지은이 조여름
펴낸이 윤동희
책임편집 김미라 **편집** 최유연 이예은 유보리 황유라
디자인 김소진 **일러스트** 보선
마케팅 윤지원 김은조 김연영

펴낸곳 ㈜미디어창비
등록 2009년 5월 14일
주소 04004 서울 마포구 월드컵로12길 7 창비서교빌딩
전화 02) 6949-0966 **팩시밀리** 0505-995-4000
홈페이지 books.mediachangbi.com
전자우편 mcb@changbi.com

ⓒ 조여름 2024
ISBN 979-11-93022-59-7 03810